MORFFiN
A MÊL

MORFFiN
A MÊL

SION HUGHES

y Lolfa

DIOLCHIADAU

I Alun Jones a Meinir Wyn Edwards am olygu,
Mair Edwards a Wenna Williams am eu barn,
Cyngor Llyfrau Cymru,
Robat Arwyn, Angharad Price a Dewi Prysor
am feirniadaeth Gwobr Goffa Daniel Owen,
ac i'r Lolfa am fentro mor anrhydeddus.

Argraffiad cyntaf: 2016

Cynllun y clawr: Olwen Fowler

Rhif Llyfr Rhyngwladol: 978 1 78461 254 2

Dymuna'r cyhoeddwyr gydnabod cymorth ariannol
Cyngor Llyfrau Cymru

Cyhoeddwyd ac argraffwyd yng Nghymru
ar bapur o goedwigoedd cynaladwy gan
Y Lolfa Cyf., Talybont, Ceredigion SY24 5HE
e-bost ylolfa@ylolfa.com
gwefan www.ylolfa.com
ffôn 01970 832 304
ffacs 01970 832 782

I 'Nhad,
Richard Cyril Hughes.

Noswyl Nadolig 1924
ar gyrion Vannes, Llydaw

D IM OND LAMP olew a fflamau'r tân a oleuai'r ystafell ym
mwthyn clyd Amos a Marie. Eisteddai Jeanne o flaen y
tân a gwydraid o lefrith yn ei dwylo bach – yn wir, roedd mor
werthfawrogol ohono ag y byddai gwiwer fach yn dal cneuen.
Fflachiodd llygaid bach y plentyn chwe blwydd oed o gwmpas
yr ystafell a gweld rhyfeddodau hudol y Nadolig ymhobman.
Daeth gwynt sinamon a sinsir i'w ffroenau wrth iddi syllu ar y
goeden fawr oedd yn llawn rhubanau lliwgar. O'r brigau hongiai
addurniadau prydferth y Nadolig – bachgen yn lluchio pelen
eira, Santa yn gyrru sled a merch ifanc ar gefn arth fawr wen.
Wrth droed y goeden roedd llu o anrhegion ac un bocs siocledi
mawr yn y canol wedi'i lapio mewn papur dail celyn trawiadol.
Roedd Marie wedi addo y câi'r bocs ei agor cyn diwedd y nos.

Er mai Iddew oedd Amos, roedd yn fwy na pharod i ddathlu'r
Nadolig gyda'i wraig yn ôl ei harferion Catholig. Gan na
chawsant blant, roedd y ddau mor falch o gael cwmni Jeanne, yn
enwedig adeg y Nadolig. Roedd ei hymweliad ar noswyl Nadolig
yn annisgwyl ond roedd ei rhieni, perchnogion caffi lleol o'r enw
Café Rouge, wedi gofyn am ffafr ganddynt am fod cymaint o
waith paratoi bwyd ar gyfer y wledd drannoeth. Wedi'r cyfan,
dyma fyddai diwrnod prysuraf y flwyddyn yn y Café Rouge a fiw
i unrhyw gwsmer adael yn siomedig.

Buasai Marie wrthi'n brysur yn paratoi yn ei chegin hithau
hefyd. Gŵydd fyddai ar y plât i ginio'r Nadolig a theisen siocled

la bûche de Noël draddodiadol i ddilyn. Yn gynharach y noson honno buasai Jeanne wrthi'n rhoi help llaw i addurno'r deisen ac roedd hi wedi cael darn go fawr ohoni yn wobr. Yfodd Jeanne weddill y llefrith a rhoi'r gwydr yn nwylo Marie cyn ailadrodd y cwestiwn y bu hi'n ei holi droeon y noson honno.

'Ydy hi'n amser eto?'

Roedd blinder amlwg yn ei llais. Edrychodd Amos ar y cloc. Chwarter i hanner nos.

'Bron iawn,' atebodd.

Yn wahanol i weddill plant Ffrainc, nid aros am Papa Noël fyddai Jeanne ond aros am ddigwyddiad arall, hollol wahanol.

'Ga i stori arall?' holodd Jeanne.

Bu Marie'n brysur yn adrodd storïau iddi drwy gyda'r nos. Roedd ganddi stôr ohonynt – rhai o'r hen ffefrynnau, yn ogystal ag ambell un newydd a gyfansoddodd Marie ei hun y noson honno.

'Jeanne fach, dwi wedi adrodd bron i ddwsin yn barod. Mae 'nychymyg angen seibiant er mwyn iddo ddod ato'i hun.'

Edrychai Jeanne yn siomedig. 'Marie, allech chi ysgrifennu'r storïau i fi, i fynd â nhw adre efo fi 'ta?'

'Dyna ti,' meddai Amos, gan gytuno â Jeanne, a thôn ei lais yn awgrymu ei bod hi wedi dweud rhywbeth o bwys mawr. 'Dwi wedi dweud sawl gwaith y dylet ti ysgrifennu llyfrau i blant,' ychwanegodd wrth estyn am ei bibell o'r silff ben tân.

'Gawn ni weld a ga i ddigon o amser i wneud hynny rywbryd eto,' dywedodd Marie yn hamddenol wrth fynd at y goeden Nadolig. Estynnodd am yr anrheg fwyaf yno a'i rhoi y tu ôl i'w chefn.

'Mae gen i rywbeth gwell na stori i ti yn fan'ma.'

'Anrheg i fi?' holodd Jeanne, a'i llygaid yn crwydro i geisio gweld beth roedd Marie yn ei guddio.

'Dim sbecian. Ca' dy lygaid, ac estyn dy ddwylo allan.'

Gwasgodd Jeanne ei llygaid mor galed ag y gallai. Gwenodd

Amos. Roedd hi'n bryd iddo danio'i bibell. Gyrrodd gwmwl bodlon o fwg i'r awyr uwch ei ben, lluchiodd y fatsien i'r tân ac eistedd yn ôl yn ei hoff gadair i fwynhau'r olygfa. Doedd dim byd yn well na gwylio hapusrwydd syml plentyn.

Ar ôl agor ei llygaid, dechreuodd Jeanne ymosod ar y papur lapio i gael gweld beth oedd yr anrheg arbennig. 'Nôl yn y Café Rouge byddai ei mam wedi mynnu ei bod yn pwyllo gan ei rhybuddio i beidio â thorri'r papur lapio fel y byddai modd ei ailddefnyddio. Yn ffodus, doedd Amos na Marie yn malio dim wrth i'r papur gael ei chwalu'n yfflon. Pan welodd Jeanne yr anrheg daeth bloedd o werthfawrogiad. O dan olau gwan y lamp, darllenodd Jeanne y geiriau Flossie Flirt. Doli fach, a chanddi lygaid a allai agor a chau a rowlio yn ôl ac ymlaen. Gwisgai wisg ddel o ddefnydd Rayon a gwallt steil Marcel ar ei phen.

Cofiodd Jeanne fod angen diolch i'r ddau ac fe aeth atynt yn eu tro i'w cusanu.

'Diolch,' meddai'n gwrtais ond heb dynnu ei llygaid oddi ar yr anrheg, serch hynny.

Ynghanol yr holl gynnwrf roedd hi wedi anghofio popeth am yr amser. Edrychodd Amos ar y cloc. Munud i hanner nos.

'Reit, mae'r amser wedi dod. Mae'n ddigon oer y tu allan, felly mi fydd raid i ni wisgo ein cotiau,' cyhoeddodd wrth godi o'i gadair.

*

Yn ffodus roedd hi'n noson sych a thawel, er ei bod hi'n oer, wrth i'r tri nesáu at bump o gychod gwenyn yn yr ardd. Roedd Jeanne yn gafael yn llaw Marie ac yn y llall gafaelai'n dynn yn ei thegan newydd.

'Jeanne, ti'n barod i weld y gwenyn yn dawnsio?' sibrydodd Amos.

Ers iddo ymgartrefu yn Vannes, cadw gwenyn a gwneud

mêl oedd arbenigedd Amos a phob noswyl Nadolig digwyddai rhywbeth hudol iddynt. Doedd dim esboniad am y peth. Tybiai ambell un mai ysbryd Celtaidd yr ardal oedd ar waith, ond, yn ôl eraill, grym y sêr a'r lleuad oedd yn eu deffro o'u trymgwsg. Doedd fawr o ots ganddo; y cyfan a wnâi Amos oedd rhyfeddu bob tro.

'Ble maen nhw?' holodd Jeanne.

'Amynedd. Mi gei di weld mewn munud. Maen nhw'n gwneud hyn ers canrifoedd, ers dyddiau'r hen dywysogion.'

'Tywysogion?' holodd Jeanne yn freuddwydiol wrth i'w meddyliau grwydro'n ôl at rai o storïau Marie y noson honno.

Yna, yng ngolau'r tortsh, daeth un wenynen unig allan i'r oerfel.

'Dyna hi. Y gyntaf.' Daliodd Amos y tortsh yn uchel. Hedfanodd y wenynen fach a throelli wrth fynd, fel petai hi'n dawnsio. 'Edrych! Dyma nhw.'

Syllodd Jeanne yn gegagored wrth i'r gwenyn lifo allan yn eu miloedd a llenwi'r awyr uwch ei phen. Roedd sŵn eu hadenydd yn fyddarol. Bu'n rhaid i Amos weiddi arni er mwyn iddi ei glywed uwch y sŵn.

'Paid â bod ag ofn. Wnân nhw ddim dy bigo di. Dawnsio maen nhw.'

Chwarddodd Amos yn uchel, a chodi ei freichiau fel petai'n cyfarch hen ffrindiau. Ymatebodd Jeanne yr un mor frwd drwy chwerthin yn uchel a chodi ei doli newydd fel petai hi'n ei chynnig yn rhodd i'r gwenyn.

'Jeanne, gwna ddymuniad. Brysia, tra'u bod nhw'n dal i ddawnsio,' gwaeddodd Amos.

Caeodd Jeanne ei llygaid yn dynn am yr eildro'r noson honno a dymuno bod y ddoli newydd yn ei breichiau yn dod yn fyw. Ar ôl ychydig eiliadau agorodd ei llygaid drachefn. Dim ond distawrwydd llonydd y noson oer oedd ar ôl bellach.

Roedd y sioe ar ben. Gwyliodd y wenynen olaf yn cropian yn ôl i gynhesrwydd y cwch.

Byth ers hynny deuai unrhyw sôn am y Nadolig â'r atgof arbennig hwn yn ôl i Jeanne. Wrth gofio, câi wefr fach hudolus bob tro. Roedd amseroedd hapus fel y rhain wedi eu gweu i mewn i'w hisymwybod. Trueni na fyddai modd rhewi'r foment hon a'i chadw am byth.

RHAN 1

1
Llundain, 1939

'GERMANY INVADES CZECHOSLOVAKIA... Read all about it!' gwaeddodd y gwerthwr papurau newydd ar gornel Langham Place ond doedd gan Ricard Stotzem ddim amser i aros nac arian i'w wastraffu ar brynu'r papur, er gwaetha'r pennawd dramatig. Roedd y cloc mawr uwchben Langham Place yn agos at daro tri a gwyddai Ricard fod yn rhaid iddo gofrestru cyn tri o'r gloch neu byddai'n colli ei gyfle.

Rhedodd i lawr ar hyd Langham Place ac am y Queen's Hall. Roedd yn rhaid i sawl un gamu o'i ffordd i wneud lle i'r cerddor ifanc wrth iddo symud ar gyflymder cob Cymreig gan edrych yn rhyfedd yn ei siwt a thei. Y bygythiad mwyaf i'r cyhoedd ar strydoedd Llundain yr eiliad honno oedd cael eu colbio gan y cas ffidil a chwifiai'n ddireol yn ei law dde. Cyrhaeddodd ddrysau mawr y Queen's Hall ac edrych ar yr amser. Roedd hi bron yn dri... Gwelodd faneri mawr y Proms yn chwifio'n ysgafn yn yr awel a'r geiriau 'Welcome to the musical centre of the Empire' ar boster uwchben y drws.

'I'm here for the competition,' meddai wrth redeg heibio'r dyn wrth y drws.

'I think you may be too late, sonny,' gwaeddodd yntau ar ei ôl.

Roedd y neuadd fawr dan ei sang. Roedd un perfformiwr ar y llwyfan yn tynnu at ddiweddglo ei berfformiad o 'Flight of the Bumblebee'. Gorffennodd y chwaraewr i sŵn bonllefau gwerthfawrogol y dorf o ddwy fil a throdd y cerddor at yr arweinydd a safai yno gyda watsh amseru yn ei law.

'One minute, twenty seconds... we have a new leader!' gwaeddodd y trefnydd yn uchel a chafwyd bloedd fawr arall gan y dorf.

Moesymgrymodd y cerddor sawl gwaith cyn cerdded o'r llwyfan a dyrnu'r awyr yn orfoleddus. Aeth Ricard at fenyw swyddogol yr olwg wrth droed y llwyfan er mwyn cofrestru. Edrychodd hithau ar y cloc mawr uwch ei phen. Munud i dri.

'You're just in time. What's your name?'

Ar ôl ei gofrestru aeth hithau at yr arweinydd i drafod ac ymhen ychydig eiliadau clywodd Ricard ei enw'n cael ei alw.

'We have another competitor – Ricard Stotzem from Wales. Give him a big hand.'

Roedd Ricard wedi hen arfer chwarae 'Flight of the Bumblebee' ac wedi gwneud hynny droeon ar gorneli stryd yn ardal Covent Garden am arian poced. Safodd o flaen y dorf yn ddigon hyderus. Roedd wedi chwarae yno fel aelod o gerddorfa sawl gwaith, ond erioed fel unawdydd. Tynnodd anadl ddofn a cheisio hel ei feddyliau. Caeodd ei lygaid a dychmygu ei fod yn ôl yn chwarae am geiniogau o flaen twristiaid Covent Garden. Ceisiodd anghofio am y decpunt o wobr a gâi ei chynnig. Roedd Ricard Stotzem yn gyfoethog o ran talent ond, yn faterol, roedd yn dlawd fel llygoden eglwys.

Dechreuodd yn dda ac yn egnïol, a saethodd y nodau'n drydanol drwy'r neuadd. Diferodd y chwys dros ei dalcen, ond doedd fiw iddo agor ei lygaid rhag colli ei le. Canolbwyntiodd ar daro'r nodau cyn rasio i'r diwedd yn gynt nag a wnaethai erioed o'r blaen. Wrth iddo daro'r nodyn olaf daeth bloedd fawr o werthfawrogiad gan y dorf. Moesymgrymodd o'u blaenau a sychu'r chwys oddi ar ei dalcen.

'One minute, fifteen seconds... We have a winner. Ricard Stotzem!' gwaeddodd yr arweinydd. Daeth bloedd uwch fyth wrth glywed hyn. Daeth y wobr i law'r arweinydd a cherddodd yntau draw at Ricard i gyflwyno'r papur decpunt iddo. Ond cyn iddo gyrraedd sylwodd yr arweinydd ar gynnwrf wrth y drysau. Roedd cystadleuydd arall yn rhuthro tuag atynt, gyda'i gariad wrth ei ochr a grŵp o ffrindiau yn eu dilyn. Aeth y dorf yn dawel wrth i'r trefnydd a'r arweinydd ddod draw at Ricard i drafod.

'Technically, you have won as it is after three o'clock, but are you happy to allow this other contestant to play? After all, he *is* the world-famous Johann Esser…' sibrydodd yr arweinydd yn ei glust.

'Save our blushes, shall we say yes?' ychwanegodd y trefnydd yn frwdfrydig.

Nodiodd Ricard gyda gwên ffals.

'We have a final contestant. Johann Esser from the Berlin Philharmonic Orchestra!' gwaeddodd yr arweinydd ar ôl troi at y gynulleidfa.

Eisteddodd Ricard yn y rhes flaen. Roedd enw'r dyn yn gyfarwydd iddo. Johann Esser oedd prif ffidlwr Cerddorfa Ffilharmonig Berlin ac un o'r goreuon yn ei faes. Cyn cychwyn safodd yn urddasol a thal yn ei siwt ddrud. Roedd ganddo wallt eithriadol o ddu, lliw haul, a gwên oedd yn arddangos ei ddannedd gwynion. Yn ei law daliai ffidil Stradivarius ac ar ei arddwrn gwisgai oriawr Rolex aur. Doedd hwn ddim angen y decpunt, meddyliodd Ricard. Roedd sôn ymysg y cerddorion eraill fod cyflog wythnos seren fel hwn yn fwy nag y byddai Ricard yn ei ennill mewn blwyddyn. Daeth cariad Johann Esser i eistedd yn y sedd nesaf at Ricard, a dechreuodd honno glapio'n egnïol wrth iddo chwarae.

Roedd ei arddull artistig yn llawer mwy urddasol na chwarae Ricard a'i gyd-gystadleuwyr. Roedd hwn yn gwybod sut i swyno cynulleidfa. Yn ystod y chwarae edrychodd Johann yn hyderus i gyfeiriad Ricard gan ddal ei lygad am eiliad neu ddwy. Yn y foment honno gwyddai Ricard ei fod wedi colli. Ond ar yr un foment sylwodd ar rywbeth cyfarwydd ar foch yr Almaenwr. Gwelsai dyfiant tebyg o'r blaen, ar wyneb ei dad, ei ganol yn borffor, a chofiai sut y gwaethygodd y clwyf dros gyfnod o amser. Ar ôl i'r meddyg lleol ei gyfeirio at arbenigwr yn Llundain, daeth yntau i'r casgliad fod rhaid gweithredu ar unwaith gan ei fod yn dioddef o gancr melanoma.

Ar ôl i Johann orffen ei berfformiad trydanol daeth bloedd: 'One minute, thirteen seconds. Our new winner!' gwaeddodd y trefnydd ar dop ei lais a chodi llaw Johann yn uchel i'r awyr. Gwenodd yntau ar y dorf yn orfoleddus a moesymgrymu i odro'r sylw o bob cyfeiriad.

Ar ôl derbyn ei wobr aeth Johann i dderbyn cymeradwyaeth ei ffrindiau. Daeth ffotograffydd o'r *Times* i dynnu eu llun. Fflachiodd y camera a dal gwên fawr yr Almaenwr ac wyneb siomedig Ricard wrth ei ochr. Wedi i'r ffotograffydd eu gadael ac wrth i'r gynulleidfa wasgaru, ceisiodd Ricard siarad â Johann ond roedd yntau'n rhy brysur yn derbyn canmoliaeth. Wrth i Ricard gadw ei ffidil clywodd lais merch y tu ôl iddo.

'I'm Marlene, Johann's girlfriend. Thank you for allowing him to compete. Johann would like you to have this,' dywedodd gan estyn y papur decpunt iddo.

'I couldn't possibly,' atebodd Ricard ac estyn ei law i'w wrthod yn serchog.

Edrychodd hithau arno fel petai hi'n gwybod bod gwir angen yr arian arno.

'Take it,' meddai gyda gwên, a phlannu'r decpunt ym mhoced flaen ei siaced.

Cyn iddo gael cyfle i ddiolch daeth Johann draw atynt a gafael ym mraich ei gariad.

'Enjoy the money, my British friend,' dywedodd yn uchel ac ysgwyd ei law yn gadarn cyn troi i fynd.

'Thank you... There is one thing I wanted to say, Johann. Before you go.'

'Don't tell me. You think I cheated!' chwarddodd Johann a chamu drwy'r dorf am y drws.

Doedd Ricard ddim yn gallu ei ddilyn gan fod yn rhaid iddo roi ei ffidil yn ôl yn y cas ac felly fe gododd ei lais er mwyn iddo gael ei glywed.

'No. It's your face, I think you have the same condition as my father. Go and see Dr Stanford Wade at Westminster Hospital.'

Bu'n rhaid i Ricard weiddi'r geiriau olaf a doedd dim modd dweud a oedd Johann wedi'i glywed ai peidio cyn iddo ddiflannu o'r golwg. Safodd yn ei unfan yn gwylio'r dorf yn diflannu o'r neuadd nes ei fod gyda'r olaf i adael. Aeth i'w boced a nôl y papur decpunt a'i rwbio rhwng ei fysedd er mwyn gwneud yn siŵr nad breuddwyd oedd y cyfan.

2
Bern, y Swistir, Ebrill 1940

WRTH FWRDD GER ffenest bwyty Harmonie yn ardal hynafol dinas Bern eisteddai menyw hardd a thal o'r enw Halina Szymanska. Edrychodd ar ei horiawr. Munud cyn deg o'r gloch. Daeth hi'n ymwybodol o wacter y byrddau o'i chwmpas a'r tywyllwch yn crynhoi y tu allan i'r ffenest. Claddodd ei thrydedd sigarét yn y blwch o'i blaen. Daeth y gweinydd at y bwrdd â golwg ddiamynedd arno. Cymerodd y blwch llwch a holi a oedd hi eisiau unrhyw beth arall.

'Nein danke,' atebodd wrth estyn leitar arian o'i bag a thanio sigarét arall.

Ffoi o Wlad Pwyl wnaeth Halina. Dianc rhag crafangau creulon byddinoedd yr Almaen a goroesi o drwch blewyn – roedd y ffin rhwng ei bywyd a'i marwolaeth wedi bod yn denau iawn. Doedd yr atgofion byth ymhell. Weithiau byddai'n dihuno yn nyfnder y nos a chofio. Yng ngwacter y byd oer hwnnw rhwng dydd a nos cofiai Halina wynebau'r ffrindiau a gollwyd.

Roedd ganddi gyfarfod hynod bwysig heno ac fe gymerai lawer mwy na gweinydd cwynfanllyd i'w thynnu oddi wrth y dasg honno. Am ddeg o'r gloch agorodd y drws a daeth dyn ifanc a thal i mewn o'r oerfel. Roedd golwg wedi sythu arno. Anadlodd Halina ochenaid o ryddhad o weld wyneb cyfarwydd Andrew King, cynrychiolydd MI6 Prydain yn y Swistir. Er bod y ddau yn siarad sawl iaith, Ffrangeg oedd orau ganddynt. Siaradodd King yn dawel wrth dynnu ei gôt a'i het.

'Ymddiheuriadau am fod yn hwyr, Halina. Cefais fy nilyn. Roedd rhaid i mi gerdded o gwmpas mewn cylchoedd am hanner awr er mwyn gwneud yn siŵr fy mod wedi colli fy nghynffon.'

Tynnodd King faneg ac ysgwyd ei llaw. Gwenodd Halina; roedd hi'n falch o'i weld. Roedd cael eich dilyn yn beth digon cyffredin yn ninas Bern. Oherwydd niwtraliaeth y Swistir roedd strydoedd y ddinas wedi denu llawer o wynebau newydd, a digon o gymeriadau amheus yr olwg yn eu plith. Daeth y gweinydd draw a holi King a oedd angen diod arno.

'Brandi,' meddai King.

Nodiodd y dyn a chymryd ei het a'i gôt.

'Ydach chi wedi clywed y newyddion?' holodd Halina ar ôl i'r gweinydd fynd yn ddigon pell.

'Do, mi glywais. Roedd cwymp Denmarc yn anochel,' meddai King a thanio ei sigarét ei hun.

'Pa newyddion o Brydain?' holodd Halina.

Estynnodd King gopi o'r *Times* a'i osod ar y bwrdd o'u blaenau. Roedd llun Neville Chamberlain ar y dudalen flaen.

'Mae llywodraeth Chamberlain o dan bwysau a phawb yn sôn am lywodraeth newydd, clymblaid. Churchill yw'r ffefryn i arwain.'

Cyrhaeddodd y brandi. Ar ôl gwerthfawrogi arogl moethus y ddiod llyncodd King gegaid ac yna eistedd yn ôl yn ei gadair yn fodlon.

'Mae gen i wybodaeth gan Wilhelm,' sibrydodd Halina.

Wilhelm Canaris oedd hwn, pennaeth yr Abwehr – gwasanaeth cudd yr Almaen. Pe bai'n rhaid dewis un dyn da ymysg milwyr yr Almaen ar y pryd, efallai mai Canaris fyddai hwnnw. Cyn-filwr hen ffasiwn a chanddo gydwybod – Almaenwr da, meddai ei gyfeillion, ond Natsi sâl, yn ôl ei elynion.

Cafodd Halina ei recriwtio gan MI6 ar ôl iddynt glywed am ei charwriaeth gudd gyda Wilhelm Canaris. Torrai Canaris bob rheol er mwyn gweld Halina ac oherwydd ei safle uchel roedd ganddo'r rhyddid i deithio'n rhyngwladol er mwyn ei chyfarfod. Codai'r cyfleoedd hynny'n aml. Gwyddai MI6 fod Canaris yn casáu'r Natsïaid a'i fod yn barod iawn i'w tanseilio drwy fwydo gwybodaeth yn ôl i'r Cynghreiriaid trwy law Halina.

'Mae Wilhelm wedi gweld cynllun yr Almaen i ymosod ar Ffrainc,' meddai Halina. 'Mae 'na fyddin yn ymgasglu'n dawel bach ar y ffin. Ymhen ychydig wythnosau bydd y fyddin honno'n taro Ffrainc yn galed ac yn gyflym trwy ardal yr Ardennes a channoedd o danciau'n llifo dros y ffin i Sedan a thuag at Abbeville.'

'Mi basiaf i'r wybodaeth ymlaen ond wn i ddim a fydd y Ffrancwyr yn fodlon gwrando,' meddai King. 'Er bod tân ym moliau'r milwyr cyffredin, yr arweinwyr sydd ar fai. Maent yn gyndyn i wrando – gormod o ffydd yn eu gallu eu hunain.'

'Dwi'n gwybod,' meddai Halina'n dawel wrth wisgo'i chôt. Fe wyddai hi'n iawn am y Ffrancwyr a'u hannibyniaeth. 'Y cyfan allaf i ei wneud yw pasio'r wybodaeth ymlaen.'

3

Bern, Mehefin 1940

YM MHARIS TYNNODD yr Almaenwr faner Ffrainc i lawr a'i thaflu o'r neilltu. Cysylltodd faner yr Almaen wrth yr un rhaff a'i thynnu. Saethodd y faner newydd i ben yr Arc de Triomphe er mwyn dangos i bawb pwy oedd yn rheoli erbyn hyn.

Roedd Halina Szymanska ac Andrew King yn ôl ym mwyty Harmonie yn y Swistir wedi i Halina ofyn am gyfarfod gyda'r hwyr yn ôl eu harfer. Ar ôl i'r cwsmeriaid olaf adael y bwyty aeth King i boced ei siaced a thynnu pasbort ohoni.

'Dyma'r pasbort Ffrengig ffug, yn enw Madame Clenat.'

Dyma'r ddogfen fyddai'n rhoi'r modd iddi deithio trwy Ffrainc er mwyn cyfarfod â Wilhelm Canaris ym Mharis.

'Pa wybodaeth newydd?' holodd King.

'Ydach chi'n gyfarwydd â'r peiriant Enigma?' meddai Halina.

'Ydw, wrth gwrs,' atebodd King. Roedd King a'i gyd-weithwyr yn ymwybodol iawn o bwysigrwydd yr Enigma i beiriant milwrol yr Almaen, a datrys codau'r Enigma oedd y sialens fwyaf i'w gwrthwynebwyr.

'Mae'r Abwehr wedi dyfeisio fersiwn newydd o'r Enigma ar gyfer y llongau tanfor, sy'n fwy pwerus o lawer na'r hen beiriant.'

'Dwi'n gweld. Newyddion drwg i'n pobol ni felly,' meddai King.

'Ond mae gen i newyddion da i chi, Andrew. I dorri stori hir yn fyr, mae prif gynllunydd yr Enigma yn casáu'r Natsïaid ac yn fodlon rhyddhau dogfennau allweddol fydd yn galluogi'r Prydeinwyr i ddatrys y codau Enigma yn llawer haws. Mae Wilhelm yn fodlon trosglwyddo'r dogfennau i'r Prydeinwyr trwy law negesydd – enw cod y negesydd yw Odin.'

'Datblygiad gwych, Halina. Sut a phryd mae hyn am ddigwydd?'

'Mi fydd Odin yn cludo'r dogfennau'n ddirgel i leoliad ar arfordir gorllewinol Ffrainc. Rhaid i chi yn MI6 drefnu'r lleoliad a sicrhau bod rhywun yno i dderbyn y dogfennau.'

'Gadewch y trefniadau hynny i mi. Mi siaradaf gyda fy nghyd-weithwyr. Pryd fydd hyn yn digwydd, Halina?' holodd King eto.

'Mae angen bod yn amyneddgar. Rhaid aros nes bod y prif gynllunydd wedi gwneud ei waith a chasglu'r wybodaeth. Yn y cyfamser, trefnwch chi bethau ar eich ochr chi, yna rhowch wybod i mi ble yn union ar arfordir gorllewinol Ffrainc mae eich asiant wedi ymsefydlu.'

4

Bae Colwyn, Gorffennaf 1940

SYLLAI ALICE STOTZEM yn aml ar y ffotograff uwchben yr aelwyd yn y lolfa. Roedd hi wrth ei bodd yn edmygu'r llun bob tro y deuai hi i hel llwch o'r silff ben tân. Aeth gwefr o falchder drwyddi wrth ddychmygu sut beth fyddai bod yno ar y noson arbennig honno. Bu ei Ricard hi, hogyn o Fae Colwyn, ar lwyfan y Proms yn Llundain yn chwarae'r ffidil, o flaen miloedd o bobl. Y llun oedd canolbwynt yr ystafell, er nad oedd Ricard ei hun yn malio rhyw lawer amdano. Roedd ei mab yn sefyll nesaf at Johann Esser ar ôl colli iddo mewn cystadleuaeth ond y cystadlu oedd yn bwysig, wrth gwrs. Camodd Alice Stotzem yn ôl oddi wrth y llun, ac aeth i'r gegin i roi'r cig yn y popty a pharatoi'r llysiau. Roedd Ricard wedi dod adre am y penwythnos i ddathlu ei ben-blwydd ac am fynd yn ôl i Lundain yn y prynhawn ar ôl mwynhau ei chinio dydd Sul.

Daeth ymwelwyr at ddrws y tŷ a churo'n galed. Gwyddai Alice a'i gŵr Eugen yn syth nad galwad gymdeithasol oedd y rheswm am y curo cadarn. Er bod amseriad yr ymweliad yn annisgwyl roedd ganddynt syniad go dda pwy oedd yno. Camodd Alice at ddrws y gegin er mwyn gwrando ar y sgwrs rhwng Eugen a'r ymwelwyr.

'Almaenwr 'dach chi. 'Dach chi'n edrych fel un,' oedd y geiriau a glywodd Eugen Stotzem ar ôl iddo agor y drws.

Yn sefyll yno roedd tri pherson – un dyn canol oed a dau ddyn ifanc. Roedd un o'r dynion ifanc yn dal a llipa a'r llall yn sgwâr a thrwm fel petai'n fab i gigydd. Roedd y dyn canol oed yn awdurdodol yr olwg, oddeutu hanner cant oed a chanddo wallt gwyn, barf lwyd a thrwyn pigog a wnâi iddo edrych fel tylluan.

Sgwariodd Eugen Stotzem a sefyll ei dir o flaen y tri. Roedd o eisoes wedi paratoi geiriau ei brotest.

'Dwi'n dod o dref Sélestat yn Alsace. Ffrancwr ydw i'n enedigol. Mae gen i basbort Prydeinig ers blynyddoedd a dwi wedi priodi Cymraes.' Chwifiodd y pasbort o dan drwynau'r dynion.

Daeth Alice i ymuno â'i gŵr. Teimlai'n flin fod y dynion wedi chwalu hapusrwydd y penwythnos. Y diwrnod cynt, aethai'r tri i ddewis oriawr yn siop WS Woods yn y dre yn anrheg penblwydd pump ar hugain oed i Ricard ac wedyn buont yn hel atgofion dros swper. Eu gobaith oedd mwynhau'r penwythnos a pheidio â gorfod sôn wrth eu mab am y llythyr a oedd wedi cyrraedd:

Dear Mr Eugen Stotzem,
Foreign Aliens and Others – Threat to British Security.
You are a person classified as a potential German sympathizer and as a matter of national security you are hereby served with a notice of internment. You shall be detained and interned with immediate effect...

Er bod y llythyr swyddogol yn enwi Eugen Stotzem, roedd rhywbeth arall llawer mwy sinistr y tu ôl i'r ymweliad. Nid Eugen Stotzem oedd prif ddiddordeb y dynion mewn gwirionedd. Abwyd ydoedd i ddal pysgodyn llawer mwy.

*

Ychydig wythnosau cyn derbyn y llythyr swyddogol daeth dyn dieithr i siop nwyddau trydan Eugen Stotzem yn Station Road. Trodd y dyn yr arwydd ar y drws i ddangos bod y siop wedi cau, er nad oedd hi'n bryd gwneud hynny. Cyhoeddodd ei fod yn gweithio i Swyddfa'r Rhyfel a'i fod yno ar berwyl swyddogol a chyfrinachol. Roedd yn gorchymyn i Eugen wneud gwaith trydan arbenigol i'r awdurdodau. Roedd Eugen yn ddigon awyddus i gynnig help llaw ac ar ôl cloi'r siop aeth y ddau i adeilad ar Ffordd Penrhyn – lle crand mewn steil Art Deco – ac ar y llawr cyntaf roedd ystafell dan glo.

'Peidiwch â sôn wrth neb am hyn,' mynnodd y dyn wrth droi allwedd yn y clo. 'Mae gynnoch chi wythnos i gwblhau'r gwaith.'

Dangosodd y dyn ddiagramau technegol iddo ac ar ôl eu hastudio daeth hi'n amlwg o'r meicroffon a'r trosglwyddydd yn nho'r adeilad mai'r dasg o'i flaen oedd adeiladu gorsaf ddarlledu gudd.

Ymhen wythnos roedd y dyn yn ôl yn y siop gydag arian i dalu Eugen am ei waith. Tynnodd ddyrnaid o bapurau punt o'i boced. Roedd y punnoedd yn edrych yn newydd a rhwymyn am y canpunt.

''Dach chi wedi cadw popeth yn dawel?' holodd cyn cychwyn cyfri.

'Ydw. Dwi ddim wedi sôn wrth fy ngwraig na fy mab hyd yn oed.'

Dechreuodd y dyn gyfri'r arian yn ofalus.

Cyn iddo orffen torrodd Eugen ar ei draws. 'A sôn am fy mab, mi gafodd o *first-class honours* o'r Academi Gerdd yn Llundain. Chwarae'r ffidil. Mathemateg oedd fy mhwnc i yn y coleg…'

Nodiodd y dyn yn gwrtais heb ddweud gair, rhag drysu ei gyfri.

'Mae o'n gallu siarad pob math o ieithoedd hefyd.'

Roedd ei falchder yn ei fab yn dechrau mynd ar nerfau'r dyn ac o'r herwydd bu'n rhaid iddo ailddechrau'r cyfri. Hanner ffordd drwy gwblhau'r dasg am yr eildro dechreuodd Eugen sgwrsio unwaith eto. Y tro hwn roedd y dieithryn dienw yn benderfynol o'i ddiystyru ond yna dywedodd Eugen rywbeth oedd o ddiddordeb iddo.

'Yn ogystal â Chymraeg a Saesneg mae o'n medru Lladin, Ffrangeg ac Almaeneg.'

Stopiodd bawd y dyn ynghanol ei gyfri ac edrychodd i fyw llygaid Eugen fel petai wedi dweud rhywbeth o bwys mawr.

'Almaeneg a Ffrangeg 'dach chi'n ddweud? Mae o'n rhugl yn y ddwy iaith?'

'O ydy. Mi fasa fo'n gallu pasio fel Almaenwr neu Ffrancwr unrhyw ddiwrnod, dim problem.'

'Hmm, diddorol iawn. Beth yw enw ac oedran eich mab?'

'Ricard. Mae o'n bedair ar hugain.'

'Ydy o'n byw adre efo chi?'

'Nac ydy, ddim bellach. Mae o'n byw yn Llundain. Ond bydd o'n dod adra'n reit aml ar benwythnosau.'

Wedi i'r dyn orffen cyfri fe aeth Eugen i nôl y Receipts Book a dechrau ysgrifennu derbynneb gyda manylion y gwaith.

'Na, does dim angen derbynneb. Anghofiwch bopeth am y gwaith.'

A chyda hynny, a diolch go swta, roedd y dyn wedi ei throi hi.

*

Roedd Eugen Stotzem yn argyhoeddedig fod y tri dyn yno i'w arestio am fod ganddo ormod o wybodaeth gudd yn dilyn ei waith ar yr orsaf radio. Ond doedd y dynion yn malio fawr ddim am Eugen.

Yr ieuengaf o'r tri dyn siaradodd gyntaf. 'Mae'r cofnodion swyddogol yn dweud mai Almaenwr yw eich statws a 'dach chi'n siarad Almaeneg yn rhugl.'

Tynnodd y dyn ifanc bapur o ffeil yn ei law a'i ddarllen.

'Mae tribiwnlys wedi penderfynu eich bod chi'n fygythiad i

ddiogelwch Prydain. Does dim apêl. Bydd angen i chi bacio'ch bag a'n dilyn ni. 'Dach chi wedi cael y llythyr eisoes. Mae 'na long yn hwylio mewn deuddydd – llong fydd yn mynd â chi, a nifer o'ch cyd-wladwyr... i Awstralia.'

Caeodd y ffeil a gwenu. Roedd hi'n amlwg bod hyn yn rhoi pleser mawr i'r dyn ifanc ond doedd Alice Stotzem ddim yn gallu credu ei chlustiau.

'Llong i Awstralia? 'Dach chi o ddifri? Rydan ni'n briod ers dros ugain mlynedd, felly sut gallwch chi gyfiawnhau'r fath beth?'

Closiodd Alice at ei gŵr, gafael am ei fraich a'i dynnu'n agos. Dim ond yr hynaf o'r tri a ddangosai unrhyw arwydd o gydymdeimlad ond ddywedodd o'r un gair chwaith, dim ond gwylio a gwrando.

Cymerodd Alice basbort ei gŵr o'i law a'i chwifio o flaen y dynion. 'Prydeiniwr... edrychwch...'

'Dyw'ch pasbort chi'n cyfri dim. Mae Churchill wedi dweud – *collar the lot of them*,' cyfarthodd yr un tew a chymryd y pasbort o'i llaw cyn ei daflu ar lawr. 'Rheolau yw rheolau.'

Camodd yr hynaf o'r tri ymlaen, codi'r pasbort a'i roi yn ôl yn waraidd cyn siarad am y tro cyntaf.

'Ble mae eich mab? Oes modd iddo ymuno â ni?' gofynnodd dan wenu, a'i lais yn annisgwyl o gynnes.

'Oes,' atebodd Ricard dros ysgwydd ei rieni. Roedd Ricard wedi bod yn pacio ei fag yn ei ystafell ac wedi dod i lawr y grisiau ar ôl clywed y lleisiau. Fel ei dad, roedd yn chwe throedfedd o daldra a chanddo fop o wallt du ac wyneb caredig.

'Dwi am gael sgwrs fach dawel â'r teulu. Arhoswch amdana i yn y car,' gorchmynnodd y dyn â'r gwallt gwyn ac fe giliodd y ddau ifanc fel cŵn bach i'r car mawr du swyddogol gerllaw.

O fewn munudau eisteddai Ricard a'i rieni gyda'r dyn yn y lolfa a phaneidiau o de yn eu dwylo.

'Gwaraidd iawn,' meddai'r dyn wrth fwynhau ei de. 'Fy enw

i yw Bryn Williams a dwi'n gweithio i'r llywodraeth. Dwi'n ymddiheuro am ymddygiad y ddau arall. Maen nhw braidd yn fyrbwyll ac mae gynnon ni job anodd. Mae'r rhyfel yn achosi pob math o lanast.'

"Dan ni'n gwybod popeth am y rhyfel!' atebodd Eugen yn swta ond roedd Alice yn awyddus i wybod mwy am y fordaith.

"Dach chi'n dweud bod fy ngŵr yn gorfod mynd ar long i Awstralia am ei fod yn fygythiad i ddiogelwch Prydain... ond dyw hynny ddim yn gwneud unrhyw synnwyr. Mae fy ngŵr yn casáu'r Natsïaid!'

Rhoddodd Bryn ei gwpan i lawr yn araf a siaradodd yn bwyllog.

'Dwi'n cydymdeimlo. Mae o'n rhyfel ciaidd, a'r diniwed yn dioddef ymhob man. Yn anffodus, dyna'r rheolau. Cofiwch hefyd fod yr Almaenwyr yn gwneud yn union yr un peth i Brydeinwyr yn Ffrainc ac yn yr Almaen.'

Roedd Ricard heb gyffwrdd yn ei de am ei fod yn ei chael hi'n anodd iawn ymddwyn yn serchog tuag at ddyn oedd wedi dod i chwalu ei deulu. Synhwyrodd Eugen fod ei fab yn agos at golli ei dymer a'i fod eisoes wedi troi ei ddwylo artistig yn ddyrnau parod.

'Gan eich bod chi wedi gorffen eich te, Mr Stotzem, ga i awgrymu eich bod chi'n dechrau meddwl am bacio ces? A gyda llaw, Mrs Stotzem, 'dach chi'n gwneud te arbennig. Diolch yn fawr.'

Wrth glywed y geiriau caredig am de ei fam, saethodd Ricard o'i gadair a mynd amdano. Neidiodd ei dad a llwyddo i'w atal cyn iddo daro'r dyn.

'Pam 'dach chi'n sôn am yfed te a chithau wedi dod yma i chwalu'r teulu?' gwaeddodd Ricard dros ysgwydd ei dad. Roedd yn rhaid i'w dad ddefnyddio ei holl nerth er mwyn ei dawelu.

Er mwyn osgoi unrhyw ymrafael, cododd Bryn a sefyll

yr ochr arall i'w gadair. Trodd at Alice ac meddai mewn llais difrifol, 'Mae yna… opsiwn arall.'

'Pa opsiwn arall? Eglurwch,' holodd Alice.

'Ffordd i osgoi hyn i gyd. Os cawn ni eich cydweithrediad,' atebodd, gan fynd yn ôl i eistedd yn ei gadair yn y gobaith y gwnâi Ricard a'i dad yr un peth.

Eisteddodd Alice a gwneud arwydd ar y ddau arall i gydymffurfio.

'Pa gydweithrediad?' holodd Alice unwaith eto'n gadarn wedi i bawb eistedd a thawelu.

'Rhywbeth yr hoffwn i ei drafod gyda'ch mab yn unig os oes modd. Gair ag o ar ei ben ei hun… os yn bosib?'

'Ond pam? Dydy Ricard ddim yn rhan o'r gorchymyn yma, ydy o?' gofynnodd Alice.

'Na, dyw Ricard ddim yn rhan o'r gorchymyn ond mae 'na rywbeth yr hoffwn ei drafod gydag o'n bersonol.'

Er gwaethaf protestiadau ei rieni, llwyddodd Ricard i'w perswadio i'w adael ar ei ben ei hun yng nghwmni'r swyddog.

'Diolch am eich amynedd, Ricard. Dwi'n derbyn bod hyn yn anodd ond 'dan ni'n byw mewn amseroedd caled. Mae llong o'r enw *Dunera* yn hwylio o Lerpwl i Awstralia ymhen deuddydd ac mi fydd dwy fil o Almaenwyr, gan gynnwys eich tad, ar y llong honno. Yn anffodus mae 'na beryglon. Ychydig ddyddiau'n ôl digwyddodd rhywbeth trist iawn i long arall oedd ar berwyl tebyg.'

Aeth Bryn i boced y tu mewn i'w gôt hir a nôl copi o'r *Times* a gosod y pennawd o'i flaen:

'Internment Ship *SS Arandora Star* sunk by German U-boat.'

Aeth ceg Ricard yn sych ar ôl darllen y papur. 'Dwi'n gweld. Ydach chi'n awgrymu y gall yr un peth ddigwydd i'r *Dunera*? A beth yw'r opsiwn arall y sonioch chi amdano?'

Cododd Bryn a mynd i edrych ar y lluniau uwchben y lle tân.

Roedd un yn dangos Ricard gyda'i gyflogwr. 'Pwy sydd efo chi yn y llun? Mae o'n edrych yn fyrrach na fi,' gofynnodd Bryn â thinc o orfoledd yn ei lais wrth holi am ddyn oedd ryw fodfedd neu ddwy'n unig yn fyrrach nag o.

'Arweinydd y London Symphony Orchestra. Fy nghyflogwr.'

'A beth am hwn?' Pwyntiodd Bryn at lun Ricard yn y Proms.

'Cystadleuaeth chwarae'r ffidil yn y Proms.'

'O, gwych. A phwy yw'r dyn arall?' gofynnodd Bryn.

'Johann Esser o Gerddorfa Berlin,' atebodd yn ddiamynedd gan ei fod yn awyddus i fynd yn syth at brif bwrpas y sgwrs.

'Reit, dwi'n gallu gweld eich bod chi'n awyddus i wybod am yr opsiwn arall. Mae modd osgoi hyn i gyd, Ricard, os gwnewch chi ddod i weithio i ni. Fel rhan o'r fargen wedyn gall eich tad aros yma, mi wna i'n siŵr o hynny.'

'Beth fydd y gwaith?' gofynnodd Ricard.

'Fel y gwyddoch chi, mae byddinoedd grymus yr Almaen wedi gorchfygu Ffrainc. A phwy a ŵyr, efallai mai Prydain fydd y nesaf i syrthio.'

'Iawn, ond beth sydd gan hyn i'w wneud â mi? Dwi'n gerddor, dwi ddim yn filwr, a does fawr o awydd gen i fod yn un chwaith.'

'Na, nid eich gwneud chi'n filwr sydd gen i mewn golwg, Ricard. 'Dan ni angen cynrychiolwyr ar dir y gelyn er mwyn cadw un cam o'u blaenau. Mae gynnoch chi'r cymwysterau – yn rhugl mewn Ffrangeg ac yn medru Almaeneg hefyd. Gallech chi fyw yn Ffrainc fel Ffrancwr yn hawdd.'

'Sbei 'dach chi'n feddwl?'

'Ddim cweit. Ysbïwr cwsg. *Sleeper agent*. Be 'dach chi'n ddweud, Ricard? Cyfle i wasanaethu eich gwlad?'

Anadlodd Ricard yn hir cyn ateb. 'Petawn i'n cytuno, dwi ddim eisiau i Mam na Dad wybod y manylion, neu mi fyddan nhw'n poeni gormod amdana i.'

'A, wrth gwrs, yn ddigon naturiol. Ond dwi wedi ystyried hynny hefyd ac mae 'na ateb syml.'

Cododd Bryn a mynd i arllwys ychydig mwy o de iddo'i hun.

'Yr ateb yw i chi ddweud eich bod chi wedi cytuno i weithio i ni fel gweinyddwr, yn cyfieithu dogfennau ac ati. Mi fydd eich rhieni yn meddwl eich bod chi'n dal ym Mhrydain ond mi fyddwch chi'n byw yn Ffrainc, ar dipyn o antur… O gytuno i wneud hyn i gyd bydd modd i'ch tad osgoi'r hen fordaith hir a pheryglus yna i lawr i Awstralia. Mi gaiff o aros yma gyda'ch mam. Ydy hyn i gyd yn gwneud synnwyr i chi?' gofynnodd Bryn yn hwyliog.

'Roedd hyn i gyd wedi ei gynllunio cyn i chi ddod yma, on'd oedd?'

'Fel y dwedais i, Ricard, mae'n rhaid i ni fod yn glyfar wrth ymladd y gelyn yma, felly 'dach chi'n iawn, nid hap a damwain yw hyn. Fel arfer, dim ond y ddau ddyn yn y car fyddai'n gwneud y gwaith budr ond dwi wedi dod yma heddiw yn unswydd i'ch gweld chi… Ydach chi am gytuno i'r trefniant?' gofynnodd Bryn gan gynnig ei law a gwenu yr un pryd.

Bu llaw Bryn yn hofran yn yr awyr am rai eiliadau cyn i Ricard ei chymryd.

'Dwi ddim yn credu bod gen i fawr o ddewis, yn nac oes?'

5

Paris

ROEDD BANER Y swastica yn addurno'r Hôtel de Ville, a thu cefn gwesty'r Grand Palais wedi'i droi'n garej ar gyfer cerbydau swnllyd y fyddin. Cerddai peilotiaid y Luftwaffe ar hyd coridorau eu pencadlys newydd yn y Grand Palais ac i goroni'r cyfan roedd holl glociau Ffrainc wedi'u newid fel eu bod yn cydymffurfio â'r amseroedd ar glociau yr Almaen. Oedd, roedd y genedl falch mewn cadwyni.

Yng nghartrefi cyffredin Paris, ac i drwch y boblogaeth, goroesi'n unig oedd yn bwysig. Hynny, a chael digon o fwyd i lenwi boliau'r plant. Ond nid goroesi oedd ar feddwl pawb. Er bod nifer go sylweddol yn fwy na pharod i ddawnsio i ffidil y concwerwr, roedd ambell un ar y pegwn arall yn meddwl am wrthwynebu neu frwydro yn eu herbyn. Digon prin oedd y gwrthryfelwyr yn y brifddinas, dim ond un neu ddau ymhob cymuned, ac yn eu plith roedd Gustave a Lucie Dorland – gŵr a gwraig a chanddynt swyddi parchus yn ystod y dydd, ond a oedd gyda'r nos yn olygyddion papur newydd tanddaearol a chomiwnyddol gwrth-Almaenig o'r enw *L'Humanité*.

Y cydymffurfwyr amlycaf oedd yr heddlu Ffrengig, oedd yn cadw trefn ar ran y Gestapo a'r SS. Dynion fel Lucien Rottée, pennaeth gwasanaeth cuddwybodaeth yr heddlu, y Renseignements Généraux. Dyn tal a thenau oedd Lucien, a hoffai gael ei weld mewn siwt smart â chi hela mawr wrth ei sodlau fel petai'n heliwr bonheddig. Roedd Rottée'n casáu comiwnyddion fel Gustave Dorland. Aeth ati i recriwtio heddweision nad oedd ganddynt gydwybod o fath yn y byd, dynion nad oedden nhw'n malio dim am fradychu eu cyd-ddinasyddion drwy weithio ar ran yr Almaenwyr. Fe gymerodd Rottée at y gwaith o rwydo pobl fel Gustave a Lucie Dorland, gweithred a fyddai mor naturiol iddo ag y byddai i gath hela llygoden. A dyna'r math o gêm oedd hi, yr heddweision cudd – y cathod – mewn dillad bob dydd yn aros am y llygod. Yno, ar gorneli'r stryd ymhob tywydd, yn gwylio a chraffu am unrhyw arwydd o ddrwgweithredu. Gwylio am y cliwiau bach, fel dyn yn cerdded heibio ar frys ac yn edrych dros ei ysgwydd yn amheus wrth ruthro, neu sgwrs ddirgel yr olwg a fyddai'n parhau yn rhy hir yng nghornel rhyw gaffi.

Un prynhawn, sylwodd un o'r heddweision ar Gustave Dorland yn cerdded ar hyd y Rue Saint-Ambroise â pharsel o dan ei fraich. Ar ôl ei ddilyn, gwelodd yr heddwas Gustave yn rhoi'r pecyn yn nwylo dyn arall ac ar ôl dilyn hwnnw wedyn darganfu mai mynd â'r pecyn at un o'r busnesau cyhoeddi bach yn y ddinas roedd o. Gwyddai'r heddwas yn syth fod rhywbeth yn y gwynt. Dechreuodd yr heddlu ddilyn Gustave yn ofalus wedyn, cofnodi ei holl symudiadau a chynnwys enwau pawb a gyfarfu yn eu llyfrau. Gustave Dorland oedd y pry copyn yn y canol a'i gyd-gynllwynwyr oedd y rhwydwaith, fel gwe o'i gwmpas. Mater o amser yn unig fyddai hi cyn y byddai gan Lucien Rottée ddarlun cyflawn o'i holl symudiadau. Gyda'r nos, ar ôl bod ar y strydoedd yn cadw llygad, âi'r heddweision i'w swyddfa ar yr Île de la Cité er mwyn adrodd yn ôl. Roedd yn rhaid gwneud cerdyn ar gyfer pob dihiryn, a rhoi disgrifiad a manylion llawn am bob un. Tyfai'r blwch cardiau yn ddyddiol wrth iddynt ddilyn yn bwyllog a gofalus ac aros yn amyneddgar nes byddai ganddynt wybodaeth gyflawn am yr holl wrthryfelwyr.

Ar ôl wythnosau o baratoi fe ddaeth y diwrnod i arestio'r gwrthryfelwyr yn eu cartrefi, ac yna'u carcharu. Duw a'u helpo ar ôl iddynt gael eu trosglwyddo o ddwylo'r heddlu i ddwylo'r Gestapo.

*

Roedd gan Gustave a Lucie Dorland ddau o blant – Luc, o briodas flaenorol Gustave, a merch fach o'r enw Mireille. Roedd Mireille yn bedair ac yn blentyn i Lucie a Gustave. Dafad ddu'r teulu oedd Luc, a dafad ddu go iawn. Yn wahanol iawn i'w dad roedd Luc wedi dewis bywyd o brynu a gwerthu'n anghyfreithlon yn hytrach na mynd i goleg. Ei arbenigedd oedd dwyn oddi ar y cyfoethog drwy bigo pocedi. Ac yntau'n un ar hugain oed, roedd yn fachgen tal, golygus, ac er bod ganddo lygaid glas trawiadol, roedd gwedd dywyll y Parisien arno a chraith fawr ar draws ei foch dde. Dysgodd Luc wers y noson y creithiwyd ei wyneb – os oedd am ddwyn walcdi'r maffia lleol roedd gofyn bod yn ddigon slic i wneud yn siŵr na châi ei ddal yn y weithred.

'Mae'r teipiadur yn gryfach na'r cledd' oedd chwedl ei dad, ond nid felly y gwelai Luc hi ac fe gariai gyllell ac ambell arf arall yn ôl y gofyn. Roedd Mireille ar y llaw arall yn ferch addfwyn, benfelen, a byddai golwg flêr, hapus a phrysur arni bob amser.

Byw yn y cysgodion fyddai Luc. Byw ar gyrion cymdeithas. Torrai'r gyfraith yn ddyddiol ac, o ganlyniad, roedd ganddo reddf i adnabod yr heddlu cudd. Gallai eu hadnabod o bell – y dynion ifanc, iach yn segura'n ddibwrpas ar y pontydd dros y Seine neu wrth fynediad y Métro. Ond y bradwyr mwyaf anodd eu hadnabod oedd yr hen ddynion, y postmyn, y gwragedd tŷ a'r plant – y bobl gyffredin a fyddai'n fodlon bradychu eu cyd-wladwyr, rhai fel Gustave Dorland, am gildwrn.

Dysgodd Luc mai'r ffordd orau i adnabod yr heddweision cudd oedd trwy wrando ar eu hesgidiau. Yn lle gwadnau pren fel pob Ffrancwr cyffredin, roedd Lucien Rottée wedi mynnu bod ei heddweision cudd yn gwisgo esgidiau rwber newydd er mwyn dilyn y dihirod yn dawel a glynu'n agos iawn y tu ôl iddyn nhw. Oedd, roedd Luc wedi gweld y cliwiau ac roedd angen i bawb a ddymunai oroesi fod ar flaenau eu traed.

Yn ystod un o gyfarfodydd dirgel *L'Humanité* yn nhŷ Gustave Dorland, roedd Luc, er nad oedd yn rhan o'r rhwydwaith, wedi pledio arnynt i fod yn fwy gofalus wrth fynd o gwmpas eu pethau.

'Cofiwch fod heddlu cudd ymhobman. Newidiwch eich patrymau teithio, gwisgwch ddillad gwahanol, newidiwch eich mannau cyfarfod. Byddwch yn wyliadwrus, newidiwch eich llysenwau yn gyson. Peidiwch â mynd adre yn syth ar ôl eich cyfarfodydd.'

Ond roedd staff y papur newydd yn amaturiaid ar strydoedd Paris o'u cymharu â Luc ac o'r herwydd, yn fuan iawn, roedd gan Rottée nythaid llawn o gomiwnyddion yn ddiogel mewn sach.

*

Er bod Gustave a'i wraig yn ymwybodol o'r peryglon, gwireddwyd ofnau Luc. Trwy lwc roedd Luc a Mireille allan pan alwodd yr heddlu. Wrth fwrdd y gegin yn mwynhau eu swper roedd Gustave a Lucie pan glywsant sŵn fel ergyd yn atseinio drwy'r tŷ. Chwalodd clo'r drws o dan bwysau'r morthwylion mawr ac o fewn munudau cafodd Gustave a Lucie eu gwthio i gefn car yr heddlu a'u cymryd ar wib i'r carchar.

Yn ystod yr oriau nesaf arestiwyd ugain ohonynt. Roedd rhai yn argraffwyr neu gysodwyr y papur ac eraill yn swyddogion cyswllt neu'n ddosbarthwyr. Yn ogystal ag arestio pobl daethant o hyd i'r offer cyhoeddi a thomen o bapur ac inc – ffatri a rhwydwaith cyfan yn cynhyrchu a dosbarthu papur yn llawn propaganda gwrth-Natsïaidd.

Pan glywodd Lucien Rottée y newyddion roedd o adre eisoes yng nghwmni ei feistres drawiadol, Isabelle. Yn wobr am dderbyn ei swydd newydd roedd Rottée wedi cael byw mewn tŷ crand a fu'n gartref i deulu o Iddewon. Cawsai'r teulu eu hanfon i wersyll Drancy ond doedd gan Rottée ddim cydwybod o gwbl wrth feddiannu eiddo Ffrancwr arall – roedd ei hapusrwydd ef a'i feistres ifanc yn bwysicach o lawer iddo. Gwnaeth Rottée, fel nifer o Ffrancwyr eraill, elw mawr o'r rhyfel a mwynhau moethusrwydd a fuasai y tu hwnt iddo ar gyflog pitw plismon. Fel cymeriad cymdeithasol hoffai gael ei weld mewn llefydd crand ac roedd ei gartref newydd yn lle delfrydol ar gyfer diddanu ei ffrindiau. Heno roedd wedi gwahodd Victor Labric, perchennog y siop fwyaf yn y ddinas, Le Bon Marché, a gŵr a oedd wrth ei fodd yn cymdeithasu.

Wedi clywed am lwyddiant arestio'r comiwnyddion, rhwbiodd Lucien Rottée ei ddwylo mewn dathliad bach, cyn tanio sigâr ac ailymuno â'i westeion.

6

Beaulieu House, y Fforest Newydd

S AFAI BRYN WILLIAMS o flaen dwsin o ferched a dynion ifanc – a Ricard Stotzem yn eu plith – yn cwblhau'r araith y byddai'n ei chyflwyno i bawb ar ôl iddynt gwblhau eu cyfnod o hyfforddi dwys gyda'r Special Operations Executive.

'Gweledigaeth ein Prif Weinidog oedd hyn. Mae'r fyddin, y llynges a'r awyrlu yn weladwy iawn ond dydach chi ddim. Chi yw'r bedwaredd fyddin, yn gweithio'r tu ôl i'r llenni. Eich gwaith chi fydd rhwystro a thanseilio ymdrechion y gelyn o'r tu mewn… Oes, mae 'na risg wrth gyflawni'r gwaith hwn ond mae 'na gyfle i chi i gyd chwarae rhan allweddol yn y frwydr yn erbyn y Natsïaid.'

Wrth i Bryn orffen ei araith daeth Fiona, un arall o swyddogion Beaulieu, i mewn i'r ystafell gyda chlipfwrdd yn ei llaw a sefyll nesaf ato, gan mai ei thro hi oedd hi i siarad nesaf.

Aeth ati i egluro bod eu hyfforddiant swyddogol ar ben. Y peth nesaf i'w wneud oedd gosod tasgau unigol ac fe drodd at y rhestr yn ei llaw. 'We will start with Ricard Stotzem. Please come with us.'

*

'Ricard, da iawn. Mae'r hyfforddwyr yn dweud dy fod ti wedi cwblhau pob ymarferiad i safon uchel,' meddai Bryn ar ôl i Fiona ac yntau arwain Ricard i ystafell dawel yn y cefn.

'Wel, ers i mi ddod yma dwi wedi dysgu gosod digon o

ffrwydron i suddo llong, a sut i ladd dyn â 'nwylo fy hun mewn llai na deg eiliad!'

'Mae dy ffeil di'n dweud dy fod ti wedi pasio pob tasg yn ardderchog. Da iawn ti.'

Rowliodd Fiona ei llygaid. Roedd hi'n awyddus i fwrw ymlaen â'r gwaith. Doedd hi ddim yn hoff o'r ffordd y gwnaeth Bryn gymryd Ricard o dan ei adain. Yn ei barn hi doedd hynny ddim yn syniad da; byddai'n well o lawer ei drin yn galed. Gwyddai Fiona o brofiad mai ychydig iawn o'r rhain fyddai'n goroesi. Roedd hi wedi darllen mwy na digon o delegramau yn adrodd hanes rhai a gollwyd ac felly dysgodd gadw ei phellter ac osgoi creu cysylltiad rhy bersonol.

'At y dasg, Bryn…?' gofynnodd Fiona yn ei hacen Gymraeg Sir Feirionnydd.

Doedd Ricard ddim yn disgwyl hynny ar ôl clywed ei hacen Saesneg gref yn gynharach y bore hwnnw.

Gosododd Fiona fag lledr ar y bwrdd, a ffeil gyda'r geiriau 'Eryr Aur' arni.

'Dy dasg di fydd ymgartrefu yn nhre Vannes yn ne-orllewin Llydaw. Yn wahanol i'r rhan fwyaf o'n pobol ni does dim angen i ti greu hafog na dinistr – mi fyddi di'n gweithredu fel asiant cwsg. Dy dasg fydd goroesi ar dir y gelyn, byw ymysg y bobol leol, ac aros am yr alwad. Aros am y gorchymyn i weithredu.'

'Gorchymyn i wneud beth?' gofynnodd Ricard.

'Cludo dogfennau pwysig yn ôl i Brydain. Enw cod y negesydd fydd yn cludo'r dogfennau i ti yw Odin. Mae popeth wedi'i gynnwys yn y ffeil.'

'Pryd fydd hyn yn digwydd?'

'Wyddon ni ddim yn union pryd,' meddai Bryn. 'Dy waith di fydd aros am Odin. Mae hi'n bwysig dy fod yn ymgartrefu'n ddiogel a chadw allan o drwbwl. Yn y cyfamser mae gan Fiona ambell beth i ti.'

Agorodd Fiona'r ffeil. Ymysg y papurau roedd pasbort ffug

dan yr enw Ricard Baudoin. Rhoddodd Fiona bistol Luger wrth ochr y papurau ffug.

'Mae'r holl wybodaeth rwyt ti ei hangen yma. Mi fydd gofyn i ti guddio'r gwn yn ofalus. Dwi wedi dewis y Luger yma'n hollol fwriadol. Os digwydd i ti gael dy ddal gyda'r gwn yn dy feddiant mi fedri di ddadlau dy fod wedi dod o hyd iddo. Mae hwn yn esgus credadwy gan fod cymaint o Almaenwyr yn colli eu gynnau.'

Caeodd Fiona'r ffeil a'i throsglwyddo i Ricard. Cymerodd Bryn yr awenau eto a chrynhoi.

'Felly, ymgartrefa'n dawel ym mywyd bob dydd Vannes, byw fel Ffrancwr, a phaid, da ti, â chwarae'r ffidil, rhag tynnu sylw atat dy hun.'

'Iawn, dwi'n deall, ond mi fydda i'n ddieithryn sy'n ymddangos yn nhref Vannes o nunlle. Mi fydd hynny'n tynnu sylw, does bosib?'

'Paid â phoeni. Mae Ffrainc ar chwâl ac yn llawn ffoaduriaid ar hyn o bryd.'

Eglurodd Bryn fod pysgotwr o Vannes o'r enw Michel yn aros amdano yn Portsmouth er mwyn ei gludo draw i Lydaw. Roedd perchnogion caffi lleol o'r enw'r Café Rouge yn chwilio am staff ac yn cynnig llety fel rhan o'r trefniant.

'Fydd perchnogion y Café Rouge yn gwybod y gwir amdana i?' gofynnodd Ricard.

'Na. Dim o gwbl. Gwell fydd cadw dy wir bwrpas yn gyfrinachol, er lles pawb. Enw perchnogion y Café Rouge yw Serge a Jeanne Augustin. Byddan nhw'n teithio o Baris i Lydaw felly byddi di'n cyrraedd Vannes yr un pryd â nhw. Mae popeth wyddon ni am y ddau yn y ffeil.'

'Un peth arall i orffen,' ychwanegodd Bryn a gwahodd Ricard i ben pellaf yr ystafell lle'r oedd wal yn llawn lluniau. 'Dyma gasgliad y buasai'r diafol ei hun yn falch ohono,' meddai, gan gyfeirio at y pyramid o ffotograffau ar y wal. Roeddent wedi'u gosod o'r nenfwd i'r llawr, ac uwchben y cyfan roedd llun wyneb cyfarwydd Adolf Hitler yn syllu i lawr ar y ddau. Roedd ei fraich allan a'r swastica yn amlwg ar ei wisg. 'Mae'n ofynnol i bawb gofio'r wynebau hyn.'

Syllodd Ricard i fyw eu llygaid a mynd o un i'r llall yn ofalus wrth i Bryn alw eu henwau yn bwyllog ac yn araf fel petai'n galw cofrestr:

'Hermann Göring, Joseph Goebbels, Josef Mengele, Heinrich Himmler. A Reinhard Heydrich.'

Teimlai Ricard ias oer i lawr ei gefn, yn enwedig wrth ddod at yr wyneb olaf. O dan wyneb hir a main Reinhard Heydrich roedd rhywun wedi ychwanegu'r geiriau 'The Hangman' mewn ysgrifen anniben. Camodd Bryn rhwng Ricard a'r lluniau er mwyn dwyn ei sylw.

'Dim ond ffurfioldeb yw dangos y rhain i ti. Rhag ofn i ti ddigwydd eu gweld. Ond prin y doi di ar draws yr un o'r rhain yn Llydaw.'

7

Serge a Jeanne, Paris

MEWN CAFFI AR y Boulevard du Montparnasse eisteddai Serge a Jeanne Augustin yn edrych yn gwpwl golygus a ffasiynol er gwaetha'r rhyfel. Gwisgai Serge siwt lwyd oedd yn gweddu'n dda i'w farf fach daclus, frown. Wyneb merch o'r wlad oedd gan Jeanne, a'r cochni ar ei gruddiau yn amlwg. Gwisgai ffrog sidan ffasiynol a honno'n gafael yn dynn o gwmpas ei chorff tenau. Roedd y ddau wedi blino ar ôl wythnos o fynd a dod i'r ysbyty yn ymweld â thad Serge, ac erbyn hyn roedden nhw'n ysu am gael mynd adre. Roedd yr Almaenwyr yn bla ymhob bar a chaffi ac i'w gweld yn amlwg o gwmpas y strydoedd yn smocio a chymdeithasu. Yn wir, roedd sŵn clochdar eu buddugoliaeth yn ddigon i fyddaru'r trigolion.

Wrth i Serge dalu'r bil sylwodd Jeanne ar ddyn ifanc yn y gornel ac wrth ei ochr eisteddai merch fach yn crio'n dawel. Aeth draw ati er mwyn ceisio'i chysuro.

'Helô, wyt ti'n iawn?' gofynnodd Jeanne. 'Oes 'na rywbeth yn bod?' ychwanegodd a phenlinio er mwyn siarad â hi.

Cododd y dyn ifanc y ferch i'w freichiau a chladdodd hithau ei phen yn ei frest.

'Mae fy chwaer fach wedi blino. O ble 'dach chi'n dod?' holodd y dyn ifanc.

''Dan ni ar y ffordd yn ôl i Lydaw heno,' atebodd Jeanne.

'Dwi wedi talu.' Daeth llais Serge yn uchel, gan annog Jeanne i'w ddilyn allan o'r caffi.

Fel dyn a fagwyd ym Mharis, roedd Serge yn wyliadwrus o'r dyn ifanc, yn enwedig ar ôl gweld bod ganddo graith fawr ar ei wyneb. Gofid arall Serge oedd cyrraedd yr orsaf reilffordd mewn pryd er mwyn dal y trên olaf yn ôl i Lydaw y noson honno.

'Mae'n gas gen i weld plant yn crio,' meddai Jeanne gan edrych yn ôl dros ei hysgwydd.

'Mae'r ddinas yma'n llawn pobol ddigalon erbyn hyn,' meddai Serge.

'Yndi, ti'n iawn, mae'r lle wedi newid yn llwyr ers ein mis mêl ni bedair blynedd yn ôl, Serge.'

Roedd gan Jeanne atgofion melys o'u mis mêl ym Mharis yn 1936 ond mor wahanol oedd popeth erbyn hyn. Yn ôl adre, yn Vannes, dim ond yn achlysurol y gwibiai'r Almaenwyr drwy'r dre yn eu cerbydau. Yma câi balchder yr Almaenwyr ei arddangos yn gyhoeddus gan mai'r ddinas hon oedd y trysor pennaf. Paris oedd y wobr fawr.

Wrth gerdded am yr orsaf roedd arogl gorthrwm yn yr awyr. Ymhob man o'u cwmpas roedd olion y rheolau llym, y sensoriaeth a'r posteri propaganda i'w gweld ar bob cornel ac, wrth gwrs, y cyrffiw nosweithiol. Rhwng popeth câi awyrgylch o amheuaeth ac ofn ei greu yng nghalonnau'r dinasyddion.

Ar eu mis mêl cawsant oriau o bleser yn crwydro'r ddinas, yn enwedig ardal Montparnasse, yn mynd o'r naill gaffi i'r llall: Le Dôme, La Closerie des Lilas a La Rotonde. Y rhain fyddai mannau cyfarfod yr artistiaid cyn y rhyfel. Yma gallent dreulio noson gyfan a gwario ychydig geiniogau.

Daeth gwên i wyneb Jeanne wrth gofio am un noson arbennig yn La Rotonde. Yno, gwyliodd un o'r artistiaid yn syrthio i gysgu, a'i ben ar y bwrdd wrth ochr ei gwrw. Chymerodd neb sylw ohono a chafodd lonydd i ddeffro o'i wirfodd ymhen yr awr. Ar ôl dihuno yfodd y gwydraid cwrw mewn un llwnc ac archebu un arall. Pan ddaeth hi'n amser iddo fynd, doedd ganddo ddim arian i dalu. Teimlai Jeanne y fath biti drosto nes iddi ystyried talu ond daeth y perchennog o rywle a derbyn llun ganddo yn lle arian. Cyn i Jeanne a Serge adael roedd y llun wedi'i osod yn daclus ar y wal ymhlith casgliad o luniau eraill oedd wedi'u bargeinio yn yr un modd.

Oedd, roedd Jeanne wedi mwynhau Paris bryd hynny ond roedd ysbryd yr hen le wedi diflannu bellach. Doedd dim syndod, gan i'r papurau newydd gynnwys lluniau o Hitler o dan y Tour Eiffel yn dathlu ac yn chwerthin fel plentyn a hwnnw'n llenwi'r tudalennau. Stopiodd Jeanne o flaen siop oedd yn gwerthu dillad priodas a rhoi un llaw i bwyso ar y ffenest i dynnu ei sodlau uchel er mwyn gallu cerdded yn haws. Roedd y siopwr wedi gosod model o briodferch yn y ffenest ac wrth ei thraed roedd morwyn briodas fach mewn gwisg sidan.

'Pwy sy'n medru fforddio priodi'r dyddiau yma?' holodd Serge y tu ôl iddi.

Doedd Jeanne ddim yn gwrando. Roedd gweld y forwyn briodas fach wedi ei hatgoffa am ei cholled. O fewn blwyddyn wedi iddi briodi, ganed plentyn iddi, merch fach, ond cawsai ei geni'n gynnar ac roedd yn wan iawn. Rhoddwyd yr enw Bernadette iddi, bedyddiwyd hi ac yna bu farw o fewn yr awr. Roedd Serge wedi gwthio'r atgof ohoni i gefn ei feddwl ond daliai Jeanne i'w gweld hi ymhobman. Ochneidiodd yn hir ac yna dechreuodd gerdded yn araf yn nhraed ei sanau.

'Aros amdana i, Serge.'

Hanner gwrando'r oedd Serge. Edrychodd yn ôl dros ei ysgwydd.

'Serge, aros.'

'Jeanne, paid â throi i edrych ond mae'r ddau yna o'r caffi yn ein dilyn ni.'

Allai Jeanne ddim peidio. Edrychodd dros ei hysgwydd yn syth.

'O, ti'n iawn,' meddai'n dawel.

'Eisiau pres maen nhw, mae'n siŵr,' awgrymodd Serge.

'Na, mi dalodd y dyn ifanc am y bwyd yn y caffi, felly nid

cardota maen nhw. Pam eu bod nhw'n ein dilyn ni fel hyn?' awgrymodd Jeanne a gwneud arwydd arnynt i ddod yn nes.

'Jeanne... be ti'n neud?' sibrydodd Serge o dan ei wynt wrth i'r ddau agosáu atynt.

'Helô eto,' meddai'r dyn ifanc. 'Oes modd i ni fynd i rywle tawel i gael sgwrs?'

Roedd golwg ansicr ar Serge. 'Dwedwch beth sy'n bod, does neb yn gwrando,' atebodd, ac ôl yr amheuaeth yn ei lais yn amlwg. Roedd Serge yn dweud y gwir – ar wahân i ambell un yn cerdded heibio ar ei ffordd adre doedd neb yn cymryd unrhyw sylw ohonynt.

'Luc Dorland, a dyma fy chwaer Mireille. 'Dan ni angen help. Mae'r heddlu wedi arestio ein rhieni.'

'Arestio? Pam?' gofynnodd Jeanne mewn llais tosturiol.

Roedd Luc wedi penderfynu ar fympwy y byddai'n dilyn y cwpwl ifanc. Roedd rhywbeth caredig ynglŷn â'u hymddangosiad, yn enwedig y wraig. Edrychai mor gymwynasgar a chlên. Oedd, roedd ei reddf yn dweud wrtho y gallai'r ddau yma ddatrys ei broblem.

'Roedd fy nhad yn cyhoeddi papur newydd anghyfreithlon. Daeth yr heddlu i'r tŷ a'u cipio.'

'Druan ohonoch chi.' Camodd Jeanne yn agosach atynt er mwyn ceisio cysuro'r ferch fach ond closiodd hithau at ei brawd.

'Tydi hi prin wedi dweud gair ers i Mam a Dad gael eu cipio.'

'Druan fach. Sut gallwn ni eich helpu chi? Ydach chi angen arian?' gofynnodd Jeanne a gwasgu llaw'r ferch fach yn dyner.

'Na, does dim angen arian ond 'dan ni'n awyddus i adael Paris. Dwi'n ddigon abl i ofalu amdanaf fy hun ond mae hi'n rhy beryglus i Mireille fod yma erbyn hyn. Yn enwedig ar ôl neithiwr. Allwch chi helpu?' gofynnodd Luc gan syllu'n daer ar Jeanne.

Roedd Serge yn gyflym iawn â'i ateb. ''Dach chi ddim yn awgrymu eich bod yn dod efo ni, ydach chi?'

'Wrth gwrs mai dyna maen nhw'n ei awgrymu, Serge. Mae 'na ddigon o le yn ein cartref ni yn Vannes, on'd oes?' Saethodd Jeanne olwg awgrymog i gyfeiriad ei gŵr er mwyn iddo wybod ei bod hi wedi penderfynu a'i bod hi'n ddigyfaddawd ar y mater.

'Dwi'n hynod o ddiolchgar, wn i ddim at bwy arall y gallwn i droi. Arestiwyd y rhan fwyaf o ffrindiau ein rhieni hefyd,' sibrydodd Luc yn ddigon tawel fel na allai ei chwaer fach ei glywed.

8
Ymsefydlu yn Vannes

CYRHAEDDODD Y TRÊN orsaf Vannes ar ôl y daith dros nos o Baris a dod i stop gydag un ysgytwad olaf oedd yn ddigon i ddeffro'r pedwar ohonynt. Edrychodd Jeanne ar y ferch fach wrth ei hochr wrth iddi ddeffro'n araf. Roedd hi wedi'i rowlio'n belen gron ar y sedd, a'i gwallt melyn yn flêr ar draws ei hwyneb.

Ar ôl gadael y trên cerddodd y pedwar o'r orsaf i'r ardal hynafol yn Vannes. Erbyn hyn roedd trigolion y dref yn dechrau deffro. Penderfyniad Serge a Jeanne oedd dweud wrth gymdogion mai plant i ffrindiau ym Mharis oedd y ddau ymwelydd newydd.

Yn sgwâr y Place des Lices, gyferbyn â chaffi o'r enw Café LeGrand, roedd y Café Rouge. Er nad oedd ar lan y môr roedd yn ddigon agos i arogli'r halen yn yr awyr. Roedd Jeanne wedi ei etifeddu gan ei rhieni ac fel yr awgrymai'r enw, caffi coch ydoedd â dwy ffenest fawr y naill ochr i'r drysau a agorai allan ar sgwâr deniadol, lle'r oedd digon o le i osod nifer o fyrddau. Wrth i Serge wthio'r allwedd i glo'r drws daeth llais dros ei ysgwydd.

'Bonjour!'

Roedd y llais yn glir fel cloch a'r cyfarchiad gan ddyn ifanc blinedig yr olwg. Er bod Ricard wedi teithio o Brydain dros nos, roedd ganddo wyneb ac acen a wnâi iddo edrych yn naturiol Ffrengig.

'Bonjour. 'Dan ni newydd gyrraedd yn ôl o Baris. Mae'n ddrwg gen i, ond 'dan ni ddim ar agor eto,' atebodd Serge wrth agor y drws.

'Eich plentyn chi?' gofynnodd Ricard a chyfeirio at Mireille wrth iddi gerdded i mewn i'r caffi gyda Jeanne a Luc.

'Na, merch un o fy ffrindiau yw Mireille – mae hi a'i brawd Luc yn ymweld. 'Dan ni ddim ar agor eto, yn anffodus. Oes modd i chi ddod yn ôl yn nes ymlaen?'

'Dwi'n chwilio am waith,' meddai Ricard, y geiriau'n fwriadol uchel er mwyn i Jeanne glywed hefyd. Cofiodd ddarllen yn y ffeil mai Jeanne fyddai'n gwisgo'r trowsus yn y berthynas hon. Greddf Serge oedd ei drin fel pob gwerthwr arall a ddeuai at y drws.

'Does dim angen staff arnon ni ar hyn o bryd, ond diolch am alw, beth bynnag,' atebodd yn gwrtais ond yn ffurfiol.

'Serge, alla i gael gair?' gwaeddodd Jeanne o'r gegin cyn i Serge gau'r drws ar y dyn ifanc.

'Un funud,' dywedodd Serge.

'Serge, 'dan ni angen staff. Yn enwedig os bydd Luc yn gadael Mireille yn ein gofal ni ac yn mynd yn ôl i Baris. 'Dan ni angen help. Mae o'n edrych yn ddyn digon ffeind,' meddai wrth edrych yn ôl arno dros ysgwydd Serge.

Gwyddai Serge fod ei wraig yn dweud y gwir. 'Fedrwn ni fforddio ei dalu?'

'Wel, bydd rhaid i ni ennill mwy o arian yn y caffi yma, felly. Beth am ei gyflogi o a gweld sut bydd pethau wedyn? Paid â'i adael o yn y drws yn rhy hir rhag ofn iddo fynd i rywle arall i chwilio am waith.'

Aeth Serge yn ôl at y drws. 'Oes gynnoch chi brofiad gweini, Ricard?'

'Oes. Yn Nice, lle ces i 'ngeni.'

'Dwi ddim yn siŵr pa fath o gyflog 'dach chi'n ei ddisgwyl, ond lletty, bwyd yn eich bol a phres poced, dyna sydd i'w gynnig yma, Ricard. Mae'n gyfnod anodd, cofiwch.'

'Bydd hynny yn fy siwtio i'n iawn.'

Wedi darganfod bod ei ddisgwyliadau yn rhesymol, ymlaciodd Serge a gwahodd Ricard i mewn. Eisteddodd y ddau wrth un o'r byrddau i sgwrsio. Roedd Mireille yn dechrau teimlo'n gartrefol, ac yn llawn cynnwrf wrth i Jeanne ei harwain i fyny'r grisiau i ddangos ei hystafell wely iddi. Dilynodd Luc y ddau i'r llofftydd gyda gwên fawr ar ei wyneb, gan deimlo rhyddhad yn fwy na hapusrwydd o wybod y byddai Mireille yn ddiogel yng ngofal y ddau.

Yn ôl yn y caffi edrychai Serge yn hapusach hefyd, ac yn falch fod ysbryd ei wraig wedi codi ers dod ar draws y ferch fach.

'Sut lwyddoch chi i osgoi cael eich galw i'r fyddin?' oedd cwestiwn amlwg Serge.

'Asthma. Dwi ddim yn ddigon ffit,' oedd ateb parod Ricard er mawr syndod i Serge, gan ei fod yn edrych yn ddigon heini.

'Reit, wel, dwi ddim yn gwybod beth arall sydd angen ei drafod ond mae arna i ofn y bydd yr oriau yn hir. Mae'n bosib y bydd rhaid i ni agor gyda'r nos hefyd.'

'Dyw oriau hir ddim yn broblem. Un cwestiwn sydd gen i: fydd yr Almaenwyr yn bwyta yma?'

'Bydd rhai yn galw, yn naturiol, ond pasio drwodd fyddan nhw gan fwyaf. Pam 'dach chi'n holi?'

'Dim byd pwysig, dim ond eisiau gwybod pwy ydy'r cwsmeriaid. Pobol leol, dwi'n cymryd?'

'Ie. Dim ond dau gaffi sydd yr ochr yma i'r dref – ein caffi ni a chaffi Monsieur LeGrand gyferbyn. Bydd y caffi yma ar agor yn ystod y dydd a chaffi Monsieur LeGrand ar agor gyda'r nos. Dyna oedd y ddealltwriaeth erioed. Ond mae Monsieur LeGrand wedi torri'r trefniant ac wedi dechrau agor drwy'r dydd, felly 'dan ni am agor gyda'r nos am y tro cyntaf.'

'Pa fath o fwyd fyddwch chi'n ei weini?' holodd Ricard er mwyn dangos diddordeb.

'Does dim bwydlen. Mi fyddwn ni'n gweini beth bynnag sydd gan y ffermwyr a'r pysgotwyr lleol i'w gynnig ac yna'n ysgrifennu'r arlwy ar y bwrdd du.' Cyfeiriodd at fwrdd du ar y wal gyda'r geiriau 'Plat du Jour' arno a lle i ysgrifennu'r dewisiadau dyddiol â sialc.

Sylwodd Ricard ar lun diddorol wrth ymyl y bwrdd du – llun o gwpwl yn sefyll o flaen stondin yn gwerthu mêl yn y farchnad leol.

'Pwy sydd yn y llun yna?' gofynnodd.

'Marie ac Amos. Mae Amos yn enwog am gadw gwenyn a chynhyrchu mêl arbennig iawn.'

Cododd Ricard er mwyn astudio'r llun yn well. Roedd y ddau'n edrych mor fach o flaen y cannoedd o botiau mêl oedd wedi'u gosod yn daclus ar y stondin y tu ôl iddynt.

'Ydyn nhw'n dal i werthu?' holodd.

'Na. Iddew yw Amos, mae o wedi gorfod dianc i Brydain er mwyn osgoi'r Almaenwyr.'

Ar hynny daeth Jeanne i lawr y grisiau a golwg brysur arni. Roedd llawer i'w wneud er mwyn paratoi bwyd ar gyfer agor y caffi am y dydd.

'Dim ond am ychydig mae Luc am aros,' cyhoeddodd Jeanne. 'Mae o'n dweud bod yn rhaid iddo fynd yn ôl i Baris i chwilio am ei rieni. Dwi wedi dweud fod croeso i Mireille aros am faint fynnir.'

*

Ar ôl i Serge adael Ricard yn ei ystafell fach agorodd Ricard y ces mawr. Tynnodd ei ddillad allan yn gyntaf a'u rhoi yn y cwpwrdd dillad gyferbyn â'i wely, ac yna hongian ei unig siwt y tu ôl i ddrws yr ystafell. Gwasgodd fotymau cudd ar waelod y ces er mwyn agor y gwaelod ffug. Yn y gwagle cudd roedd rolyn o dâp a'r pistol Luger wedi'i lwytho. Cymerodd y gwn a'r tâp a mynd at y cwpwrdd dillad. Aeth i lawr ar ei gwrcwd a thapio'r gwn o'r golwg o dan y cwpwrdd.

Agorodd y ffenest a daeth awel gynnes i mewn i'r ystafell.

Wrth edrych allan dros y toeau, gwelodd fod ganddo olygfa wych o'r wlad y tu hwnt i'r dref. Pwysodd ar sil y ffenest ac edrych i lawr ar y sgwâr islaw. Gwyliodd ddyn yn gosod stondin glanhau esgidiau. Yn syth ar ôl iddo osod ei offer daeth ei gwsmeriaid cyntaf, dau Almaenwr mewn lifrai glas trawiadol, peilotiaid y Luftwaffe. Y talaf ohonynt oedd Franz Bartel, swyddog yn ei dridegau hwyr a chanddo wallt melyn a llygaid glas. Cerddai fel petai'n bwysicach na'r llall er, yn swyddogol, bod y ddau ar yr un ranc yn union.

Y diffiniad perffaith o ddyn yn cymryd rôl yr alffa dros y beta, meddyliodd Ricard wrth wylio'r ddau. Cerddent yn hamddenol i lawr y stryd ac i mewn i'r sgwâr, gan edrych ar bawb a phopeth fel athrawon yn goruchwylio plant ar iard yr ysgol. Er bod ei esgidiau eisoes yn lân, eisteddodd Franz yng nghadair y glanhawr a rhoi un esgid fawr awdurdodol ar y stôl. Roedd gan y glanhawr esgidiau bapur newydd y *Pariser Zeitung* i'w gynnig i'w gwsmeriaid – papur a fyddai'n hael ei glod i'r Almaen a'r Almaenwyr, er nad oedd o'i hun yn cytuno â gwleidyddiaeth y papur hwnnw.

Dechreuodd Franz ddarllen a sgwrsio am yn ail gyda'i gyfaill. Vannes oedd un o'i hoff drefi a byddai Franz wrth ei fodd yn ymweld â'r lle bob cyfle a gâi gan fod ei harddwch yn ei atgoffa o'i ardal ei hun yn yr Almaen. Roedd y ddau beilot wedi dod am dro i ladd amser wrth aros i awyrennau newydd gyrraedd o'r ffatrïoedd yn yr Almaen.

Aeth Ricard i lawr o'i ystafell i gael golwg agosach ar yr Almaenwyr ac i glustfeinio. Gwelodd frwsh llawr wrth y drws cefn ac aeth allan i'r sgwâr a dechrau brwsio o flaen y caffi er mwyn gwrando ar y sgwrs. Roedd Franz yn cwyno na chawsai gyfle i fynd adre i'r Almaen i weld ei deulu.

'Chewch chi ddim mynd adre hyd yn oed ar gyfer dathlu'r Nadolig?' gofynnodd y Ffrancwr wrth lanhau'r esgidiau mawr yn ofalus.

51

'Na!' chwarddodd yn uchel a nôl sigarét o'i boced. 'Byddwn ni wedi cyrraedd Prydain erbyn y Nadolig, ac yn canu carolau yn Covent Garden!'

Chwarddodd y glanhawr esgidiau gyda'r Almaenwyr er nad oedd yn rhannu eu brwdfrydedd. Doedd gan Franz ddim tân i danio ei sigarét a sylwodd ar Ricard yn brwsio'r llawr gerllaw.

'Oes gynnoch chi dân?' holodd.

Aeth Ricard ato a thanio ei sigarét.

Cyn i Franz gael cyfle i ddiolch iddo daeth sŵn peiriannau uwch eu pennau ac ymhen ychydig eiliadau roedd yr awyr yn llawn awyrennau'r Almaen.

Neidiodd Franz ar ei draed a gweiddi, 'Meine Messerschmitt ist angekommen!'

Roedd yr aros drosodd. Rhedodd y ddau oddi yno gan gicio offer y glanhawr i bob cyfeiriad.

'Mae rhywun yn hapus,' meddai Ricard wrth bwyso ar ei frwsh a gwylio'r ddau yn rhedeg fel plant ysgol ar ôl clywed cloch diwedd y dydd.

Casglodd y glanhawr ei offer. 'Mae'r awyrennau wedi bod yn dod i'r maes awyr lleol ers dyddiau. Rhai newydd, llawer ohonyn nhw – yn syth o ffatrïoedd yr Almaen yn ôl y sôn.'

Cyflwynodd y glanhawr esgidiau ei hun fel François Roussel o ardal Limoges, dyn a chanddo wallt du, mwstás mawr ac ysgwyddau llydan fel amaethwr.

'Ydyn nhw'n paratoi ar gyfer cyrch arbennig?' gofynnodd Ricard ar ôl cyflwyno ei hun.

'Ydyn, yn bendant. Mae 'na storm ar y gorwel… ac o weld nifer yr awyrennau sydd wedi dod i mewn, mae hi am fod yn storm go fawr.'

9

Llundain, Medi 1940

R OEDD CAR Y Prif Weinidog yn gyrru'n dawel drwy'r gwyll
cynnar. Gwnaeth y gyrrwr yn siŵr na fyddai'n gyrru'n rhy
gyflym nac yn rhy araf. Cyflymder cymedrol a chyson oedd yn
gweddu, rhag tynnu sylw at y cerbyd a gludai'r dyn pwysicaf
ym Mhrydain i'w gyfarfod yn y Savoy. Wrth ei ochr eisteddai
ei Ysgrifennydd Preifat Cynorthwyol, Jock Colville. Roedd y
ddau ar eu ffordd i drafod y frwydr dyngedfennol honno allan
yn nyfroedd dyfnion a thywyll yr Iwerydd a bygythiad llongau
tanfor yr Almaen.

Arhosodd y car wrth olau coch ar gyrion Hyde Park.
Edrychodd Winston Churchill ar y coed uwchben, gan agor
fymryn ar y ffenest er mwyn clywed yr adar bach yn trydar.
Gwenodd ac am ychydig eiliadau anghofiodd am y rhyfel.
Roedd sŵn diniwed yr adar yn ei swyno erioed ac yn mynd ag
ef yn ôl i'w fagwraeth yng nghefn gwlad ger Rhydychen. Yno y
bu Churchill yn byw yn ystod ei blentyndod. Bywyd heb boenau
yn y byd, bywyd heb bwysau, heb yr yfed trwm, a chyn y smocio
sigârs a'r gwleidydda a ddaeth i reoli ei fywyd.

Yn ôl papur y *Times* yn ei law roedd hi'n addo tywydd braf.
Ochneidiodd Churchill yn uchel, ond cadwodd ei feddyliau iddo
ef ei hun. Roedd tywydd mwyn yn golygu y byddai noswaith
glir o'u blaenau. Braf i rai, meddyliodd, ond heb gwmwl yn yr
awyr byddai'r amodau'n berffaith ar gyfer hedfan awyrennau.
Tynnodd ei ddyddiadur o'i boced. Edrychodd ar y dudalen a
gweld bod lleuad lawn heno. Ochneidiodd unwaith yn rhagor

a phwyso'n ôl yn ei sedd. Gyda golau'r lleuad i'w harwain, roedd yr amodau'n berffaith. Roedd noson arall o fomio o flaen Llundain, meddyliodd.

Trodd y golau'n wyrdd a symudodd y car ymlaen, gan adael trydar adar bach Hyde Park ar ei ôl.

'Gwyn eu byd,' meddyliodd Churchill, dim ond stormydd o wynt a glaw naturiol roedd y rhain yn gallu eu rhagdybio, nid y storm o fflamau tanllyd oedd ar ei ffordd.

Drwy ffenest y car gwelodd Churchill ddynion yn rhawio pridd y parc gan lenwi'r sachau mawr er mwyn eu gosod o flaen ffenestri'r adeiladau gerllaw. O flaen Buckingham Palace roedd milwyr mewn cotiau cochion llachar wedi'u disodli gan filwyr yn gwisgo lifrai llwm y rhyfel.

Ymhob man roedd tâp gwyn wedi'i groesi dros ffenestri adeiladau Llundain mewn ymdrech i'w cadw rhag chwalu'n ddigyfeiriad mewn ymosodiad. Oedd, roedd y wlad wedi paratoi, a'r gorsafoedd rheilffordd wedi cludo miloedd o efaciwîs i ddiogelwch cefn gwlad. Roedd y rhai a chanddynt gyhyrau a chorff i ymladd bellach yn ymladd dros eu gwlad, a phawb arall yn paratoi i'w hamddiffyn eu hunain.

Er gwaethaf hyn i gyd, roedd rhywbeth digon cyfarwydd yn y ffordd y daeth yr arweinydd allan o'r car a cherdded i mewn i westy'r Savoy fel pe bai o'n ymweld â chartref hen ffrind. Cerddodd yn bwrpasol a chymryd holl foethusrwydd y gwesty yn ganiataol â phob cam. Wedi'i leoli rhwng Westminster a'r West End, y Savoy oedd un o'r gwestai hwylusaf a mwyaf crand yn y ddinas. Hwn, gyda'i olygfeydd dros afon Tafwys, oedd gwesty'r *showmen*, y lle i fod a'r lle i gael eich gweld.

Cerddodd Churchill heibio'r American Bar, ac fel yr awgrymai'r enw, lle llachar a swnllyd oedd hwn. Gyda'i steil Art Deco, ei furiau hufen ac ocr a'i gadeiriau glas ac aur, roedd yn edrych bron mor llachar â'r coctels unigryw oedd yn nwylo'r cwsmeriaid. Ar y waliau roedd lluniau enwogion Hollywood ac yn y gornel chwaraeai cerddor gerddoriaeth jazz ar biano *baby grand.*

'Do these people know there's a war on?' gofynnodd Churchill wrth fynd heibio'r olygfa tuag at ei hoff ystafell gyfarfod gerllaw.

O'i chymharu ag ystafelloedd eraill y Savoy roedd ystafell Iolanthe yn fach a chlyd, ac iddi baneli derw a lle tân trawiadol o farmor du. Wrth gerdded i mewn i'r ystafell câi rhywun y teimlad o suddo i foethusrwydd cyfoethog y carped coch trwchus o dan ei draed. Yng nghanol yr ystafell roedd bwrdd mahogani ac yn aros yn ufudd am Churchill roedd Syr Frank Nelson, Pennaeth y Special Operations Executive (SOE) yn Beaulieu House, a Stewart Menzies, Pennaeth MI6 a Bletchley Park. Safodd y ddau i gyfarch eu harweinydd. Cyneuodd Churchill sigâr ac anfon cwmwl sylweddol o fwg i'r awyr cyn siarad.

'You both know why we're here. If we lose the Battle of the Atlantic we will lose the war.'

Cododd Menzies a cherdded at fwrdd arall gerllaw. Roedd rhywbeth wedi'i guddio o dan glogyn. Cododd ddigon ar y gorchudd i ddatgelu'r peiriant.

'Here's the Enigma machine, sir.'

Edrychodd Churchill yn syn arno. Roedd wedi gweld y peiriant droeon o'r blaen a doedd o ddim yn deall pam roedd Menzies wedi'i gludo yr holl ffordd o Bletchley Park i'r Savoy.

'Why did you bring it here? Are you going to tell me you've cracked the Enigma code?'

'Not exactly.'

Aeth Menzies at fwrdd du yn y gornel ac ysgrifennu'r enw 'Canaris' arno â sialc. Yna ychwanegodd yr enw 'Odin'. Roedd enw Wilhelm Canaris, Pennaeth yr Abwehr, yn gyfarwydd i Churchill ond doedd Odin yn golygu dim iddo.

'Who's Odin?' holodd Churchill.

'Odin is the code name Canaris has given to his messenger. A powerful new Enigma machine has been designed for the German navy. Canaris contacted us through our MI6 agent and told us that he can get us the code books and other confidential documents that will help crack this new machine's codes. Odin will bring these documents to us.'

'When and where?' holodd Churchill wrth estyn am y botel o siampên Pol Roger, ei hoff ddiod, a llenwi'i wydr.

Cyn i Menzies gael cyfle i ateb clywsant sŵn yn y pellter. Roedd Churchill yn hanner ei ddisgwyl – sŵn fel petai rhywun yn taro'r bwrdd gyda'i ddwrn yn ysgafn ond yn ddigon caled i yrru ton fach drwy'r siampên yn y gwydr. Clywsant y sŵn eto, yn gryfach y tro hwn. Yna, canodd seiren yn y pellter. Agorodd drysau'r ystafell a daeth Jock Colville i mewn gyda nifer o staff y gwesty yn ei ddilyn.

'Let's make for the shelter, gentlemen! The Savoy has the safest and the nicest shelter in London.'

*

Roedd Churchill wedi gwneud hyn droeon o'r blaen, ond doedd ei gyd-weithwyr erioed wedi gweld y fath olygfa. Roedd dau gant o wlâu wedi'u gosod yn daclus yn seler y Savoy a'r lle'n fwrlwm o bwysigion – brenhinoedd, tywysogion, actorion a gwleidyddion, i gyd yn uchel eu cloch ac yn ymladd yn barchus am y gwely gorau neu'r gornel dawelaf.

Arweiniodd Jock y tri i ystafell fach ddirgel a chyffredin iawn yr olwg o'i chymharu â moethusrwydd ystafell Iolanthe.

'Was that Charlie Chaplin?' gofynnodd Menzies.

'Yes, he's always in here,' atebodd Churchill yn swta.

Eisteddodd y dynion o flaen y bwrdd bach plaen yng nghanol yr ystafell.

'Frank, tell me how and when Odin will bring this intelligence to us,' meddai Churchill.

'We have called this Operation Golden Eagle. Odin will travel to the rendez-vous in the coastal town of Vannes. We have already despatched our agent to Vannes. It's going to be a waiting game. In the meantime our man will act as a sleeper agent and will wait for Odin to appear.'

10

Montmartre

HERCIODD Y TRÊN o Lydaw i mewn i orsaf Montparnasse ac arno eisteddai Luc, a'i feddwl ymhell. Er bod gadael ei chwaer yn nwylo'r Llydawyr caredig yn gysur iddo, daeth ton o unigrwydd drosto wrth iddo ddychwelyd i Baris hebddi.

Aeth am y fynedfa ac allan o'r orsaf i gyfeiriad Montmartre i'r gogledd. Roedd gadael Mireille yn nwylo cwpwl dieithr mor ddisymwth yn anodd, ond doedd dim lle nac amser am emosiwn ar ôl gwneud y penderfyniad. Doedd Paris ddim yn lle i blant bellach. Efallai, ymhen amser, y deuai cyfle eto iddo ymweld â hi. Gwyddai Luc mai dyma'r unig ffordd. Roedd y rhan fwyaf o blant Paris wedi cael eu hanfon i ddiogelwch y wlad ers misoedd – ond roedd ei dad wedi styfnigo a gwrthod gadael i Mireille fynd. Doedd Luc erioed wedi closio at wleidyddiaeth adain chwith ei dad a Duw a ŵyr ym mha garchar roedd o erbyn hyn. Druan o Lucie, ei lysfam. Y cyfan wnaeth hi oedd helpu i blygu papur gwrth-Almaenig o dro i dro.

Âi Luc i gyfeiriad Montmartre am un rheswm yn unig. Yno'r oedd y pocedi gorau i'w pigo. Hoff weithgaredd Luc ers iddo gefnu ar fywyd confensiynol a disgwyliadau mawr ei rieni oedd manteisio ar y cyfoethogion. Roedd arno angen arian ar fyrder gan iddo roi'r cyfan oedd ganddo i Jeanne a Serge i gyfrannu at gostau gwarchod Mireille. Efallai y byddai waled drwchus un o uwch-swyddogion yr Almaen yn ei feddiant cyn diwedd y nos, meddyliodd.

Wrth i Luc gyrraedd ardal Montmartre gwelodd feddwyn

sigledig a blêr, oddeutu trigain oed, yn siarad nonsens ar gornel y stryd a photel o win yn ei law.

'Dwi'n addoli un duw ac un duw yn unig,' dywedodd y dyn gan lithro dros ei eiriau. 'Bacchus yw fy nuw i,' ychwanegodd. 'Ie, Bacchus yw'r unig dduw. Duw y gwin a'r winllan.'

Doedd neb ond Luc yn gwrando arno. Chwarddodd yn uchel cyn yfed yn helaeth o'r botel unwaith eto. Ar yr olwg gyntaf roedd y dyn yn ymddwyn fel cannoedd o feddwon eraill Paris. Ond roedd llygaid craff Luc wedi sylwi bod rhywbeth yn wahanol am hwn. Arafodd ei gam er mwyn astudio'r dyn yn well. Roedd wedi hen arfer gweld cymeriadau meddw'r ddinas a cheisiai eu hosgoi bob amser, ond roedd rhywbeth od am yr olygfa hon.

Roedd ei dad wedi dysgu llawer iddo am winoedd Ffrainc ond roedd enw'r gwin yn llaw'r meddwyn hwn yn ddirgelwch iddo – Montmartre. Ni wyddai Luc am winllan ym Mharis gyfan heb sôn am ardal Montmartre. Roedd y label lliwgar ar y botel yn ei law yn dangos llun menyw ifanc yn arogli blodau. Gwaith un o artistiaid tlawd yr ardal, meddyliodd Luc. Pan sylwodd y meddwyn fod ganddo gwmni galwodd ar Luc i ddod yn nes.

'Diod?' gofynnodd gan gynnig y botel iddo. Fel arfer, gwrthod fyddai greddf Luc. Duw a ŵyr beth fyddai ym mhoteli meddwon Paris. Ond gan fod y dyn hwn yn wahanol mi gymerodd gegaid. Trodd y gwin o gwmpas ei geg a dod i'r casgliad ei fod yn blasu gwin oedd rywle rhwng gwinoedd Beaujolais da a Hautes-Côtes de Nuits.

'Diolch. Gwin da. Ble 'dach chi wedi'i brynu o? Hoffwn i gael potelaid o hwn,' dywedodd Luc a rhoi'r botel yn ôl iddo.

'Prynu? Na, fi sy'n gwneud y gwin… gyda help Bacchus wrth gwrs.' Tynnodd y meddwyn sigarét o'i boced a phwyso ymlaen i'w thanio ond collodd ei gydbwysedd a syrthio ymlaen. Llwyddodd Luc i'w ddal cyn iddo daro'r palmant a'i osod yn ôl ar ei draed sigledig.

Taniodd y dyn ei sigarét Gitanes a chwythu'r mwg trwchus yn

uchel i'r awyr. Sylwodd fod y dyn cymwynasgar hwn yn brysur yn mynd drwy waled frown ac yn edrych yn siomedig fod cyn lleied o arian ynddi. Byddai dwyn waled meddwyn yn rhy hawdd i Luc. Doedd fawr ddim ynddi, beth bynnag, dim ond digon am dorth neu baned efallai. Agorodd bapurau swyddogol y dyn a gweld ei gyfeiriad a'i enw... Pierre Orange.

Teimlodd Luc bwl o gydwybod. 'Pierre,' 'dach chi wedi gollwng hon,' meddai gan roi'r waled yn ôl iddo. 'Chi sy'n cynhyrchu'r gwin yma?' gofynnodd.

'Fi sydd *wedi* bod yn cynhyrchu'r gwin, ond ddim bellach,' meddai'n floesg, a llyncu mwy o'r ddiod. 'Pan ddaeth y rhyfel, caewyd y winllan.'

'Ble mae'r winllan?' gofynnodd Luc.

'Ha, cyfrinach! Cyfrinach orau Paris... Pam ddylwn i rannu cyfrinach gyda dieithryn?' meddai wrth wegian a bron â syrthio unwaith eto.

'Oes 'na fwy o'r rhain?'

'Mwy?' Chwarddodd y dyn yn uchel. 'O, oes, miloedd ohonyn nhw! Dwi wedi'u symud nhw o'r winllan rhag i'r Almaenwyr eu cipio.'

Gwenodd Luc. Roedd ei reddf am adnabod cyfle wedi talu ar ei chanfed unwaith eto. Gwyddai'n union sut i gael pris da am boteli gwin Pierre Orange. Yr enwog Victor Labric, perchennog lliwgar siop fawr Le Bon Marché yn y ddinas, oedd y dyn gorau i brynu nwyddau ar y farchnad ddu. Ers iddo'i sefydlu ei hun fel prynwr a gwerthwr ar y farchnad ddu deuai Luc ar draws cymeriadau lliwgar fel Victor yn rheolaidd. Daeth y ddau i sawl trefniant yn y gorffennol – dyn busnes oedd wastad yn barod iawn i daro bargen, a hynny heb ofyn gormod o gwestiynau, oedd Victor. Roedd Luc eisoes wedi nodi cyfeiriad Pierre o'r papurau yn ei waled, a gwyddai'n union ble gallai ddod o hyd iddo.

'Mi alwaf heibio am sgwrs yn y bore, Pierre. Luc yw fy enw, ac mae'n bleser eich cyfarfod chi.'

11
Y winllan

BUAN Y DAETH Luc o hyd i dŷ Pierre Orange mewn stryd dawel yn ardal Montmartre y bore canlynol. Sut gyflwr fyddai ar y Ffrancwr bach ar ôl ei noson fawr o yfed, tybed? A fyddai'n cofio unrhyw beth am eu sgwrs? Atebodd Pierre y drws iddo'n syth a'i wahodd i mewn gyda chroeso brwdfrydig a symudiadau sionc fel gwiwer. Roedd yn ymddwyn yn rhyfeddol o sobor.

'Dewch i mewn, Luc,' meddai.

Rhyfeddai Luc fod y dyn wedi cofio'i enw. Roedd yr ystafell fyw yn llawn dop ac yn flêr fel siop ail-law.

'Chi'n byw ar eich pen eich hun?' holodd Luc gan wybod yn iawn fod golwg dyn sengl arno, ac yntau'n byw mewn ogof Aladdin o le, oedd yn cynnwys blerwch cenedlaethau.

Nodiodd yntau, gan gadarnhau casgliadau Luc.

Ar ôl paned o goffi a sgwrs, aeth Pierre at ddrws yng nghornel yr ystafell fyw a'i agor yn araf a gofalus. Pan drodd y ddolen a'i dynnu'n gilagored cafodd Luc syndod o weld bod yr ystafell yn llawn hyd at y to o boteli gwin. Wrth i'r drws agor fymryn mwy llithrodd un o'r poteli allan a llwyddodd Luc i'w dal cyn iddi dorri ar lawr carreg yr ystafell.

'Fedrwch chi ddangos y winllan i mi?' gofynnodd. 'Dwi'n sicr y medra i gael y pris gorau ym Mharis i chi am y gwin.'

'Beth fyddai'r fargen?' gofynnodd Pierre wrth gau y drws yn ofalus a mynd yn ôl at ei baned.

'Hanner a hanner, i lawr y canol. Partneriaeth. Mae gen i'r cysylltiadau gorau,' meddai Luc.

Chymerodd Pierre fawr o amser i feddwl cyn ymateb. 'Dwi am dderbyn eich cynnig achos, fel arall, mi fydda i'n eu hyfed nhw i gyd!'

'Call iawn. Ydach chi'n fodlon dangos y winllan i mi?' holodd Luc eto.

'Wrth gwrs. Mae gynnon ni dipyn o waith cerdded.'

Gwisgodd Pierre ei siaced ac arwain Luc allan o'r tŷ ac am y winllan ddirgel neu, yn ôl Pierre, at gyfrinach fwyaf Paris. Ar ôl deng munud o gerdded daethant at Rue Cortot, gyda'i hadeiladau hardd a'i choed prydferth. Hanner ffordd ar hyd y stryd daeth criw o filwyr Almaenig heibio, yn dyrnu mynd yn eu hesgidiau trymion.

Ar ôl cyrraedd Rue des Saules a dringo i dop y bryn cawsant olygfa fendigedig o Baris, ac yng nghornel yr olygfa honno cuddiai llecyn bach tawel o wyrddni. Oni bai fod Pierre wedi codi ei fys a phwyntio, fyddai Luc byth wedi sylwi ar y gornel fach hon o Baris. Yn cuddio ymysg llwydni'r adeiladau carreg roedd gwinllan fach flêr Montmartre.

'Gwinllannoedd y Rhufeiniaid oedd yma'n wreiddiol, yn llenwi'r ardal am filltiroedd. Mi adeiladon nhw deml i Bacchus yma hefyd. Ond erbyn hyn, dyma'r cyfan sydd ar ôl. Dim ond cornel fechan,' eglurodd Pierre wrth agor y giât a arweiniai i'r winllan.

Gwenodd Luc wrth gofio i Pierre fwydro am Bacchus yn ei ddiod y noson cynt. Cerddodd y ddau i ganol y winllan. Roedd yr adeiladau tal yn ei chysgodi rhag y brif ffordd.

'Pan ddaw tymor y cynhaeaf does dim i'n stopio ni rhag cynhyrchu mwy o win yn dawel bach. Mae gen i ffrindiau allai ddod yma i'n helpu hefyd.'

Cytunodd Pierre y câi Luc werthu'r poteli gwin oedd ganddo yn y tŷ, ac o fewn yr wythnos roedd gwin Montmartre yn gwerthu'n dda ar silffoedd siop foethus Le Bon Marché ac am bris oedd ymhell y tu hwnt i'w werth ar unrhyw adeg arall. Er gwaetha'r rhyfel, roedd adran fwyd Le Bon Marché, y Grande Épicerie de Paris, yn edrych bron mor llawn a llewyrchus ag erioed. Er nad oedd cymaint o fwydydd rhyngwladol yno mwyach, roedd Victor Labric wedi mynnu bod y silffoedd yn brofiad nefolaidd i siopwyr ariannog y ddinas. 'Dyma'r lle i ddod. Dyma'r lle i fod,' meddai'n uchel wrth gyfarch ei gwsmeriaid o gwmpas y siop. Er gwaethaf y prinder bwyd ar y strydoedd ac yn y cartrefi cyffredin roedd y lle'n wledd anhygoel o ddiodydd, siocledi, teisennau, bisgedi, caws a ffrwythau. Yn ôl Victor, roedd ei siop yn 'ddathliad mewn bwyd a diod o'r bartneriaeth newydd rhwng yr Almaen a Ffrainc'.

12
Y ddau gaffi

Roedd Monsieur LeGrand, fel yr awgrymai ei enw, yn ddyn mawr, crwn ac roedd ganddo wyneb coch a mwstás gwyn. Eisteddai yn ei gar y tu allan i orsaf Vannes mewn hwyliau da gan ei fod yn disgwyl ymwelydd pwysig o Baris. Yr wythnos flaenorol roedd o'n flin fel cacwn gyda phawb a phopeth am iddo gael mis gwael yn ariannol. Roedd y Café Rouge wedi agor fin nos a'r fenter wedi bod yn llwyddiannus iawn i Serge a Jeanne. Ar ôl gwylltio gwaeddodd ar ei gogydd:

'Jean, mae'n rhaid gwneud rhywbeth! Mae angen cynllun newydd i ddenu busnes. Hyd yn oed os oes rhaid tagu busnes y Café Rouge yn y broses.'

Roedd Jean yn ŵr bonheddig yn ei chwedegau ac, yn dawel bach, doedd ganddo ddim awydd gweld perchnogion ifanc y Café Rouge yn methu. Ar ôl crafu ei ben am ddiwrnod neu ddau daeth LeGrand i'r casgliad mai gwaed newydd fyddai'r ateb ac fe drefnodd hysbyseb am *chef* newydd yn un o bapurau dyddiol Paris. Felly, ar y trên o Baris, ar ei ffordd i gyfarfod â LeGrand y prynhawn hwnnw, roedd Philippe Baptiste. Roedd LeGrand wedi cael ei swyno gan lythyr geirda a gawsai gan un o westai gorau Paris yn canmol Philippe i'r entrychion.

I Philippe Baptiste roedd y syniad o fyw wrth y môr yn apelio'n arw, gan fod bywyd moethus y brifddinas wedi crebachu ers tro. Camodd oddi ar y trên ac edrych o'i gwmpas i chwilio am ei gyflogwr newydd. Yn ôl y sôn roedd ganddo'r enw o fod yn berffeithydd creadigol, gyda'r gallu i drawsnewid platiaid o fwyd cyffredin yn un fyddai'n ddigon da i'w weini ym mwytai pum seren Paris. Ie, dyma'r dyn oedd ei angen arno, meddyliodd LeGrand. Byddai bwyd y Café Rouge yn edrych yn gyffredin iawn o'i gymharu â chreadigaethau'r cogydd newydd.

'Dyma fo... o'r diwedd...' meddai LeGrand wrtho'i hun wrth wylio'r dyn yn camu oddi ar y trên. 'Mi ddangoswn ni iddyn nhw, Jean.'

Cafodd Jean ei israddio i eistedd yng nghefn y car er mwyn i Philippe gael eistedd yn y tu blaen, ac roedd LeGrand wedi'i siarsio i fod yn serchog wrth y cogydd newydd. Cerddodd Philippe at y car ar ôl clywed LeGrand yn canu'r corn arno yn uchel. Sylwodd Jean ar gerddediad merchetaidd y dyn ifanc eiddil oedd yn dod tuag atynt.

'Dyw e ddim yn edrych yn llawer o beth,' meddai Jean, braidd yn goeglyd.

Edrychodd LeGrand arno yn nrych y car cyn ei ateb. 'Cogydd wyt ti. *Chef* yw e. Cofia di hynny.'

Byddai LeGrand yn mwynhau rhoi ei staff yn eu lle. Credai mai'r ffordd orau i'w cadw ar eu gorau oedd eu beirniadu, a gwnâi hynny'n gyhoeddus, yn aml o flaen cwsmeriaid, pan fyddai raid. Cododd LeGrand o'i sedd, codi bagiau Philippe a'u rhoi yng nghist y car ac eisteddodd y dyn newydd fel brenin yn y sedd flaen. Cludodd LeGrand ei drysor newydd yn ôl i'r bwyty ar wib er mwyn paratoi bwyd gogyfer â'r noson honno. Doedd dim munud i'w cholli.

Disgwyliai weld tipyn o dorf i ddathlu dyfodiad y *chef* newydd ac yn eu mysg roedd ei ffyddloniaid arferol – peilotiaid y Luftwaffe, Maer y Dre a nifer o ffermwyr cefnog yr ardal a oedd wedi taro bargen ag ef drwy gytuno i ddarparu cig iddo ar yr amod y caent fwyta yno am bris rhesymol. Roedd heno'n noson fawr, cyfle i ddangos i bawb yn Vannes mai bwyty LeGrand oedd y lle i fod.

*

I lawr wrth y môr, roedd Ricard a Jeanne wedi mynd i chwilio am bysgod i'w prynu ar gyfer y Café Rouge. Parciodd Jeanne yr hen fan Renault a chamu allan mewn pryd i weld un cwch pysgota unig yn dod i mewn ac wyneb cyfarwydd wrth y llyw. Enw'r cwch pysgota oedd *Cheval de Mer*, ac roedd Jeanne wedi hen arfer prynu gan y pysgotwr hwnnw.

'Gobeithio bod Michel wedi dal rhywbeth,' meddai, wrth i'r pysgotwr neidio i'r lan a'u cyfarch â gwên fawr, flinedig.

'Hei, Jeanne,' dywedodd a'i chusanu ar ei dwy foch.

'Helô, Michel. Dwi am i ti gwrdd â Ricard, un o'n staff newydd yn y caffi.'

Ar ôl clymu'r cwch yn ddiogel wrth y cei aeth Michel ato a chynnig ei law. Roedd ganddo wyneb pysgotwr, wedi'i greithio gan flynyddoedd o wynt hallt y môr a haul y tymhorau. Teimlodd Ricard nerth ei ddwrn caled wrth ysgwyd ei law a rhoddodd Michel winc fach gyflym iddo i gydnabod eu cyfrinach. Yn nüwch bol y *Cheval de Mer* y bu Ricard yn cuddio am oriau – hen le digon annifyr wrth iddo orfod arogli olew a hen bysgod yn ei ffroenau a dim ond sŵn hymian syrffedus yr injan yn cadw rhythm gyda'r tonnau i'w glywed. Y noson y cyrhaeddodd y cwch bach borthladd Vannes yn ystod yr oriau mân doedd yr un enaid byw yno i'w weld yn camu'n dawel i'r tir.

'Oes gen ti bysgod i mi… am bris rhesymol?' gofynnodd Jeanne.

'Siŵr o fod. Mae 'na fecryll y medri di'u cael,' meddai Michel wrth danio sigarét.

'Pris?' gofynnodd gan nôl ei phwrs.

'Ugain ffranc am y cyfan.'

Gwnaeth Jeanne wyneb i'w atgoffa ei bod hi'n gwsmer da a fyddai'n arfer prynu ganddo am brisiau llawer is cyn y rhyfel.

'Deg ffranc. Fi oedd dy gwsmer gorau cyn y rhyfel a fi fydd dy gwsmer gorau ar ôl y rhyfel, cofia,' meddai Jeanne gan roi deg ffranc iddo a mynd â'r pysgod oddi arno a'i adael yn syllu ar ei hôl. Wrth gerdded yn ôl at y fan, pendronai Jeanne. Roedd hi'n sicr iddi weld Michel yn rhoi winc fach slei i Ricard, neu ai dychmygu hynny wnaeth hi?

*

Roedd cynlluniau'r Café Rouge i agor gyda'r nos wedi llwyddo i ddenu cwsmeriaid newydd a'r lle bellach wedi'i drawsnewid o fod yn gaffi bach i fod yn fwyty hardd. Roedd llieiniau gwyn ar y byrddau, muriau lliw hufen a lloriau pren o dan y siandelïer mawr gwydr, a'r caffi cyffredin erbyn hyn yn edrych fel bwyty *tête-à-tête* ym Mharis. Heno roedd y fwydlen yn cynnig mecryll ffres a hefyd gawl traddodiadol Llydewig. A chanhwyllau ar y byrddau ac arogl bara ffres, y gobaith heno oedd adeiladu ar y llwyddiant hwnnw a denu mwy o gwsmeriaid newydd. Gyda lwc byddai ambell un o ffyddloniaid Monsieur LeGrand yn eu plith.

Ond erbyn wyth o'r gloch y cyfan roedd Serge a Jeanne wedi'i wneud oedd trafod yn ddwys pam mai François Roussel, y glanhawr esgidiau, oedd yr unig un a ddaethai i'r bwyty y noson honno, a hynny o ran cwrteisi.

Aeth Serge a Jeanne allan i'r sgwâr.

'Lle mae pawb?' gofynnodd Jeanne, gan fethu cuddio ei siom a hithau wedi paratoi ar gyfer y niferoedd arferol.

'Mae'n gyfnod anodd, cariad,' atebodd Serge gan geisio'i chysuro.

Chafodd ei eiriau cysurlon ddim effaith wedi i'r ddau sylwi ar yr hyn oedd yn digwydd ym mwyty LeGrand gyferbyn. Roedd y bwyty'n llawn a sŵn mwynhau yn llenwi'r lle. Cerddai LeGrand o gwmpas fel brenin, a gwydraid mawr o win yn ei law. Roedd ei gynllun i gynnig bwyd y *chef* newydd o Baris am brisiau gostyngol wedi gweithio'n berffaith. Daeth dynion y Luftwaffe yno'n llu ac yn eu canol roedd Franz Bartel yn gwisgo'i fŵts mawr du. Dangosodd LeGrand hefyd ei fod mor falch o weld bod Cyrnol Rolf Hermann, un o uwch-swyddogion yr SS, wedi dod yno. Rhaid cyfaddef bod Hermann yn edrych yn debycach i gyfrifydd na milwr wrth fwynhau gwydraid o Schnapps yn ei sbectol fach gron. Mewn gwrthgyferbyniad llwyr i fyrddau gwag y Café Rouge roedd bwyty LeGrand mor llawn fel y bu'n rhaid i rai sefyll i aros eu tro am fwrdd. Daeth Philippe o'r gegin i dderbyn canmoliaeth y gwesteion, oedd yn amlwg wedi'u plesio gan ei fwyd.

Cerddodd Serge a Jeanne heibio a gweld bwydlen newydd yn y ffenest. Rhyfeddodd y ddau wrth weld bod dewis o hwyaden, cig eidion, eog, porc a chig oen. Câi'r cigoedd i gyd eu gweini mewn saws ac roedd llysiau tymhorol ar bob plât. Gwelodd LeGrand y ddau ohonynt yn darllen y fwydlen.

'Salut!' gwaeddodd arnynt a chodi ei wydr er mwyn dathlu ei fuddugoliaeth yn orfoleddus.

'Dyna mae o wedi'i wneud! Dod â staff newydd i mewn,' dywedodd Serge yn dawel ar ôl gweld Philippe, cyn troi ar ei sawdl a cherdded i gyfeiriad ei gaffi ei hun yn llawn siom.

'A chynnig bwyd yn rhad ac am ddim hefyd,' ychwanegodd Jeanne ar ôl sylwi ar ddau Almaenwr yn gadael heb dalu ceiniog.

'Damia fo! Yr holl fwyd yna'n wastraff yn ein bwyty ni. Os digwydd yr un peth nos yfory mi fydd hi'n dorcalonnus i ni i gyd.'

13
Wythnos cyn y Nadolig

DYMA'R GAEAF OERAF ers blynyddoedd, mor oer nes gyrru pawb i grynu yn eu cartrefi rhynllyd. Rhewodd, heb ddadmer, am ddeugain noson yn olynol ac roedd y tir dan draed wedi rhewi'n gorn. Ar hyd yr arfordir chwipiai gwyntoedd o'r Iwerydd yn ddigyfaddawd. Cadw'n gynnes a goroesi, dyna a wnâi trigolion tre Vannes.

Ond o dan yr wyneb, bob hyn a hyn, roedd y gydwybod genedlaethol yn deffro digon i brotestio. Nid protestiadau mawr ond rhyw weithredoedd fel peintio arwydd 'V' am *Victoire* ar dalcen un o adeiladau'r dref. Yn nhref Vannes dyna wnaeth André, mab François, y glanhawr esgidiau lleol. Ef hefyd oedd wedi gosod tusw o flodau wrth draed delw Jeanne d'Arc yn y dref – gweithredoedd a haeddai fonclust gan ei dad neu gerydd gan yr heddlu lleol pe bai o'n digwydd cael ei ddal. Oedd, roedd y bachgen pymtheng mlwydd oed yn mwynhau'r wefr a gâi o gyflawni'r fath weithredoedd. Ond daeth ei ddrygioni i ben yn ddisymwth un diwrnod ar ôl i erthygl bapur newydd sôn am fechgyn yn cael eu saethu am gyflawni gweithredoedd tebyg yn Nantes.

'Edrych ar hyn. Cael eu saethu am ddefnyddio brwsh paent, a'n heddlu ni ein hunain yn eu bradychu. Mae'r peth yn warth!'

Estynnodd François y papur newydd a'i roi o dan drwyn ei wraig, Muriel, gyda'r pennawd, 'Comiwnyddion wedi'u dienyddio yn Nantes'.

Cododd hithau'r papur yn araf a darllen yr erthygl am y

tri llanc. Ar ôl cael eu dal gan yr heddlu trosglwyddwyd hwy i ddwylo'r Gestapo a dyna fu eu diwedd.

'Fo ddylai ddarllen yr erthygl,' meddai ei fam gan daflu'r papur i gyfeiriad ei mab, André, a cherdded o'r ystafell mewn tymer wyllt. Roedd Muriel wedi dod o hyd i'r brwsh paent gwlyb yn y cwt ar waelod yr ardd. Doedd dim angen llawer o ddychymyg i gysylltu'r brwsh â'r slogan oedd newydd ymddangos ar dalcen y tŷ gerllaw. Caeodd y drws yn glep ar ei hôl ac edrychodd y tad i fyw llygaid ei fab. Taranodd ei lais gan yrru ias trwy gorff ei fab ifanc.

'Nid bonclust gei di pan gei di dy ddal, ond bwled. Ac mi *gei* di dy ddal, paid â thwyllo dy hun. Os wyt ti eisiau marw, dal ati. Wyt ti eisiau 'ngweld i a dy fam ar ein gliniau o flaen rhyw Almaenwr blin yn pledio am dy fywyd? Mi fyddi di'n arwr am ddiwrnod neu ddau… mae hynny'n ddigon siŵr, ond arwr marw. Arwr a beintiodd arwydd ar y wal ac yna gael ei saethu. Amen… Ai dyna yw gwerth dy fywyd di? Ai dyna fydd dy gyfraniad di i fywyd?'

Doedd fawr neb yn cymryd sylw o weld ambell slogan yn ymddangos ar wal ond roedd François Roussel yn llygad ei le: y gosb am gael eu dal oedd y broblem. Roedd yr Almaenwyr yn arbenigo ar wneud esiampl greulon o ambell un anffodus fel rhybudd i bawb arall. Felly, o ganlyniad i'r sgwrs honno daeth gwrthryfel personol André i ben, am y tro o leiaf, ac fe aeth yntau, fel bron pawb arall, yn ôl yn ufudd at ei waith.

Roedd gan deulu François ddyddiadur cymdeithasol digon prysur er gwaethaf y rhyfel. Pan fyddai ganddynt ddigon o arian byddai sinema'r Pagoda yn lle da i fynd iddo ar nos Sadwrn. Ar nosweithiau eraill byddai yna ddewis rhwng y Café du Commerce lle câi chwarae biliards, y Café du Chalet i chwarae ping-pong ac ambell dro âi'r tad i chwarae cardiau gyda'i ffrindiau yn y Café de la Ville.

Yn y wlad o amgylch Vannes, byddai'r Almaenwyr yn disgwyl

i'r ffermwyr gyfrannu'n helaeth o'u cynnyrch ond i'r sawl a fyddai'n ddigon cyfrwys roedd modd cuddio'r rhan fwyaf o'r cynnyrch hwnnw a'i werthu ar y farchnad ddu. Doedd dim prinder bwyd i'r sawl a wyddai sut a ble i chwilio. Tawel ar y cyfan oedd bywyd yn Vannes ond bob hyn a hyn deuai newyddion am weithredoedd y Résistance mewn rhannau eraill o Ffrainc. Byddai sôn am rywun yn saethu un o filwyr yr Almaen neu'n gosod ffrwydron ar drac rheilffordd. Gweithredoedd arwrol gan leiafrif bychan oedd y rhain, oedd yn ennyn edmygedd ambell un ond yn codi ofn mawr ar y gweddill gan y byddai dial ciaidd yn dilyn bob tro.

Y weithred fwyaf gwrthryfelgar a gyflawnai'r rhan fwyaf o bobl Vannes fyddai canu'r anthem genedlaethol yn y dafarn cyn ymadael ar ôl noson dda o yfed – a hynny, ran amlaf, ar ôl gwneud yn siŵr na fyddai'r un Almaenwr ar gyfyl y lle. Ar wahân i weithredoedd bychain fel y rhain, ychydig iawn o drais a welsai trigolion y dref gan mai goroesi'r rhyfel oedd y nod i bawb.

Yn y cyfamser roedd y Luftwaffe wedi bomio Llundain yn ddigyfaddawd drwy gydol y gaeaf, ac yn ôl y propaganda, dim ond mater o amser fyddai hi bellach cyn y byddai Prydain yn ildio dan y pwysau.

14

Nadolig Marie

Y NG NGHEGIN Y Café Rouge yn paratoi brecwast roedd Jeanne. Yn sefyll nesaf ati roedd Serge yn selio pecyn bwyd cyn ei anfon at ei dad ym Mharis. Ar ôl cyfnod yn yr ysbyty roedd o wedi ysgrifennu i ddweud ei fod yn teimlo'n llawer gwell a'i fod wedi'i ryddhau o'r ysbyty.

'Mae Dad yn dweud fod prinder bwyd mawr ym Mharis,' dywedodd Serge wrth ysgrifennu cyfeiriad ei dad ar y pecyn a'i roi ar y bwrdd yn barod i'w bostio.

Safai Jeanne wrth y sinc yn dawel, a'i chefn ato. Gwyddai Serge wrth ei hosgo iddi fod yn crio.

'Wn i ddim am ba hyd y gallwn ni fforddio rhoi bwyd i bobol eraill,' meddai Jeanne. 'Falle na fydd caffi gynnon ni cyn bo hir. Does fawr ddim arian ar ôl, Serge. Mi wyddost ti hynny.'

Bu Jeanne yn ddagreuol felly ers dyddiau. Doedd hi ddim wedi bwriadu i Ricard na Mireille wybod am eu hargyfwng ond daeth y ddau i mewn a'i chlywed yn cwyno. Trwy gydol y gaeaf roedd busnes LeGrand wedi tyfu a busnes y Café Rouge wedi dioddef o ganlyniad. Ddiwrnod ar ôl diwrnod, wythnos ar ôl wythnos, gwaethygu wnâi'r sefyllfa. Ar ôl bwyta'u brecwast yn gyflym gadawodd Ricard a Mireille y caffi o dan dipyn o gwmwl a mynd am dro.

'Oes 'na rywbeth y gallwn ni ei wneud, Ricard?' gofynnodd y ferch fach.

'Dim ond bod yn barod i helpu pryd bynnag bydd angen help arnyn nhw.'

'Dwi'n siŵr bod rhywbeth y gallwn ni ei wneud.'

'Wel... beth am wneud cardiau Nadolig i ffrindiau ac i gwsmeriaid y caffi? A gwneud llun bach ar bob un?'

Wedi dychwelyd ar ôl bod am dro aeth Ricard i nôl papur a phensiliau lliw a'u gosod o flaen y ferch fach. Cododd hithau bensel a saethodd ei thafod allan wrth iddi ymgymryd â'r dasg o'i blaen.

'Dwi am wneud llun Papa Noël ar y cerdyn i Luc,' meddai a thynnu llun cylch mawr crwn fel bol.

'Da iawn. Pwy arall sydd am gael cerdyn gen ti?'

'Dwi am wneud un i'r fenyw yn y llun,' dywedodd Mireille a chyfeirio at lun Marie ar y wal a hithau'n sefyll o flaen y stondin fêl. 'Mae Jeanne yn dweud bod Marie ar ei phen ei hun achos bod ei gŵr wedi gorfod mynd i ffwrdd. Felly dwi isio mynd â'r cerdyn iddi fy hun. Ti am ddod?'

'Yndw. Does fawr o waith i'w wneud yma,' meddai Ricard wrth wylio'i hymdrechion.

'Dwi am wneud un i Mam a Dad hefyd. Ti'n meddwl y byddan nhw adre'n saff cyn bo hir?' gofynnodd Mireille heb dynnu ei llygaid oddi ar y gwaith lliwio o'i blaen.

'Gobeithio'n wir, Mireille,' atebodd yntau.

Y noson honno, gwisgodd y ddau gotiau cynnes rhag yr oerfel a cherdded allan i'r wlad ar hyd y lôn gefn. Ar ôl rhyw filltir daethant at fwthyn anghysbell gyda llwybr bach yn troelli tuag at y drws. Roedd yr ardd wedi tyfu'n wyllt a sylwodd Ricard fod ambell lechen ar goll ar y to. Er bod mwg yn dod o'r simnai, roedd y bwthyn yn unig a thawel ac wedi'i oleuo gan hynny o olau gwan a daflai'r tân a'r lampau olew yn y parlwr. Edrychodd Ricard tua'r cymylau uwchben – roedd hi'n addo eira. Aeth y ddau at ddrws y tŷ a chnocio'n galed yn y gobaith bod Marie adre. Ymhen ychydig clywsant lais gwraig yn dweud ei bod hi ar ei ffordd ac ar ôl munud arall agorodd y drws yn araf.

Pwten fach tua hanner can mlwydd oed oedd Marie, yn denau

fel llygoden eglwys. Safodd yn nrws y tŷ â gwên fawr groesawgar ar ei hwyneb.

'Madame, 'dan ni o'r Café Rouge. Fy enw i yw Ricard a dyma Mireille. Ffrindiau Jeanne a Serge… wedi dod â cherdyn Nadolig i chi,' dywedodd Ricard.

Agorodd y drws led y pen.

'Dewch i mewn, cyn yr eira mawr. Croeso cynnes i chi'ch dau.'

'Nadolig llawen!' gwaeddodd Mireille a rhedeg i mewn gan obeithio gweld coeden Nadolig liwgar ac anrhegion oddi tani.

Roedd tanllwyth mawr o dân croesawgar a llond sosban o gawl yn ffrwtian yn araf yn y fflamau. Taflai dwy lamp olew gysgodion hudolus ar draws yr ystafell ac ar y silff ben tân roedd cwpanau arian a llun o Marie o flaen y stondin gwerthu mêl. Syml a thraddodiadol fel unrhyw barlwr arall oedd yr ystafell – piano wrth un wal, y llestri gorau'n cael lle amlwg, a rhes dda o luniau'r teulu uwchben y lle tân. Un peth a wnaeth synnu Ricard oedd y ffaith nad oedd yr un llun o Amos i'w weld yn unman yno. Eto i gyd, gorweddai hen ffidil ar ganol y bwrdd, a'i bwa wedi'i osod yn ofalus wrth ei ochr fel petai rhywun newydd ei chwarae.

Fel cerddor ei hun, codi'r offeryn a'i chwarae oedd ei reddf naturiol ond medrodd ei atal ei hun wrth gofio rhybudd Bryn yn ôl ym Mhrydain i beidio â thynnu sylw ato'i hun. Eisteddodd Ricard mewn cadair freichiau gysurus wrth y tân a gwrando ar sŵn y cawl yn mudferwi yn y sosban.

Roedd llyfr plentyn ar y bwrdd gerllaw a llun mochyn ar y clawr. Cododd Mireille y llyfr a'i agor. 'Beth ydy hwn? Dwi ddim yn deall y geiriau.'

'Llyfr Llydaweg yw e. *Ar wiz hag an tog.* Yr Hwch a'r Het. Fi sydd wedi'i ysgrifennu. Mae 'na gyfres ohonyn nhw.'

Pwyntiodd Marie at y silff wrth y lle tân lle'r oedd rhes o lyfrau tebyg a'i henw hi arnynt i gyd.

'Dwi'n mwynhau ysgrifennu, athrawes ydw i.'

Aeth Mireille draw at y silff a dechrau pori yn y llyfrau lliwgar.

'Faint yw dy oed di, Mireille? Wyt ti'n ddigon hen i ddod i fy ysgol i? Mi faswn i wrth fy modd yn dy gael di. Mae gynnon ni blant bach difyr iawn yn Vannes.'

'Dwi'n bedair a thri chwarter,' atebodd Mireille.

'O, merch fawr, felly. Mi fyddi di wedi cyrraedd oedran ysgol cyn bo hir. Bydd croeso i ti ddod i 'nosbarth i a gwneud ffrindiau newydd.'

Ond roedd Mireille wedi ymgolli'n llwyr yn y llyfrau lliwgar ac yn rhy brysur i ymateb.

'Mae'r llyfrau'n edrych yn ddifyr. Oes 'na lawer yn siarad Llydaweg?' gofynnodd Ricard.

'Llai nag a fu. Mae wedi bod yn sialens cyhoeddi'r llyfrau gan nad yw'r iaith yn cael ei chefnogi gan y llywodraeth. Fy nghyfraniad bach i at yr achos yw'r llyfrau hyn. Ceisio rhoi rhywbeth yn ôl yw'r bwriad.'

'Cerdyn Nadolig i chi,' dywedodd Mireille ar ôl cofio bod ganddi'r cerdyn yn mhoced ei chôt.

'Diolch yn fawr,' meddai Marie a gosod y cerdyn Nadolig yn ofalus uwchben y lle tân. Camodd yn ôl i'w edmygu fel pe na bai wedi derbyn cerdyn Nadolig erioed cyn hynny. Aeth Marie at gwpwrdd mawr gwyn yng nghornel yr ystafell.

'Does gen i ddim cerdyn Nadolig ond gadewch i mi nôl rhywbeth bach i chi i gydnabod fy niolch.'

Agorodd Marie ddrws y cwpwrdd ac ynddo roedd potiau mêl yn llenwi pob silff ac yn ymestyn i'r to.

'Nadolig llawen i chi i gyd draw yn y caffi,' meddai, gan roi un o'r potiau yn llaw Mireille.

'Madame, diolch i chi. Ers pryd 'dach chi a'ch gŵr yn cadw gwenyn?' holodd Ricard.

'Mae'n stori hir ond ar ôl y Rhyfel Byd Cyntaf daeth Amos

a fi yma i fyw, ac mi fynnodd gadw gwenyn. Dwi'n meddwl weithiau falle dylsai Amos fod wedi priodi ei wenyn,' meddai dan chwerthin. 'Yn ôl y beirniaid, ein gwenyn ni sy'n creu'r mêl gorau yn Llydaw. Mi oedd Amos yn dweud mai'r gyfrinach oedd y lleoliad achos mae'r tir o gwmpas y bwthyn yn Iwtopia i wenyn.'

Yn y filltir sgwâr o amgylch y tŷ roedd cyfuniad o flodau hyfryd yn creu blasau unigryw. Roedd blas y mêl yn gyfuniad o flodau coed afalau, mwyar duon a dant y llew ac yn ddiweddarach yn y tymor, blodau'r rosmari a theim, grug a choed pin.

'Fyddai Amos byth yn gwisgo siwt bwrpasol wrth gasglu'r mêl o'r cychod. Mi fyddwn i'n ei wylio o'r tŷ ac yn poeni amdano bob tro achos byddai'r haid o wenyn yn hofran uwch ei ben. 'Dach chi'n clywed am wenyn yn ymosod ar bobol ond roedd o'n cael llonydd ac yn mynd ati'n bwyllog fel petai 'na ryw ddealltwriaeth rhyngddyn nhw.'

Eglurodd Marie sut yr arferai Amos a hithau wneud y mêl. Y dasg gyntaf ar ôl casglu'r mêl amrwd o'r cwch fyddai ei wthio trwy ddefnydd tebyg i neilon a gwylio'r hylif aur yn llifo i botiau bach taclus yn barod i'w labelu a'u gwerthu.

Yn ffyddlon bob blwyddyn deuai'r gwenyn o'r cychod ar gyfer y tymor newydd ar ôl gaeaf caled a'r tir wedi rhewi'n gorn am wythnosau. Roedd gelynion ganddyn nhw hefyd a phetai rhywun yn mynd yn ddigon agos at y cwch byddai modd gweld dwsin o wenyn yn gwarchod drws y cwch fel milwyr. Y rhain oedd y gweision da a ffyddlon, yn barod i aberthu eu hunain a phlannu eu pigyn yng nghnawd yr ymosodwr. Weithiau deuai Goliath o gacynes fawr flin i chwilio am fwyd ac roedd yn rhaid i'r milwyr bach fwrw eu hunain i mewn i'r frwydr honno yn ddiymdroi. Sialens arall, lawer mwy, fyddai amddiffyn y cwch rhag ambell lygoden. Unwaith neu ddwy bob tymor deuai llygoden fach lwglyd a sleifio i mewn i'r cwch i chwilio am wobr felys. Ar ôl ymosod arni a'i phigo i farwolaeth, byddai greddfau naturiol yn cymryd drosodd ac fe âi'r gwenyn ati i orchuddio corff y llygoden â chwyr er mwyn sicrhau na fyddai'n drewi.

'Pam does dim coeden Nadolig yma?' gofynnodd Mireille ar ôl sylweddoli mai ei cherdyn hi oedd yr unig arwydd o'r Nadolig yn y tŷ.

'Does dim coeden Nadolig, fy merch annwyl, oherwydd bod Amos wedi mynd i Brydain. Ond mi ddaw o'n ôl, ar ôl y rhyfel. Dwi'n ddiolchgar iawn am eich cerdyn bendigedig chi ond dwi ddim am ddathlu'r Nadolig eleni. Ddim heb fy ngŵr.'

Er gwaethaf y ffaith bod ei thristwch yn swnio'n onest, doedd Ricard ddim yn ei chredu. Roedd dau beth wedi gwneud iddo ei hamau ac roedd y ddau beth yn llosgi yn fflamau'r tân. Ar y tân roedd coedyn enfawr, trwm a gwyddai Ricard fod angen rhywun llawer mwy cyhyrog na Marie i'w godi a'i roi yn ei le.

Y cawl oedd y peth arall. Yn ôl ym Mae Colwyn, byddai gan ei rieni draddodiad o ymweld â'r teulu adeg y Nadolig. Cofiai Ricard iddo gael ei lusgo o'r naill dŷ i'r llall ac ymhlith ei hen deulu roedd nifer o hen ferched a gweddwon a arferai eistedd yn ufudd yn llwydni digynnwrf eu cartrefi tawel. Fyddai byth sôn am ddyn na choginio bwyd, dim ond cyfle i fwynhau te a theisen a chael sgwrs yn sŵn cloc y parlwr. Dim ond geiriau a bwyd rhwydd.

Ond yn groes i weddwon a hen ferched Cymru roedd gan Marie lond crochan o gawl ar y tân. Digon i fwydo teulu cyfan. Daeth Ricard i'r casgliad naill ai ei bod hi'n disgwyl ymwelydd neu bod ganddi gwmni yn y tŷ yn barod. Pam trafferthu i goginio potyn mawr o gawl oni bai bod ganddi gwmni?

Daeth cnoc ar y drws. Pum curiad go drwm. Curiadau swyddogol eu sŵn, meddyliodd Ricard. Yn ôl yr edrychiad ar wyneb syn Marie doedd ganddi ddim syniad pwy oedd yno.

'Maddeuwch i mi. Pwy yn y byd sydd yna? Dwi ddim yn disgwyl ymwelwyr.'

Agorodd Marie'r drws a gweld yr hunllef waethaf yn gwenu'n ôl arni.

'Maddeuwch i mi, ai chi yw Marie?' Roedd hi'n bwrw eira'n drwm ac roedd y swyddog SS yn defnyddio'r ffeil yn ei law i warchod ei ben rhag y tywydd.

'Ie. Sut galla i fod o gymorth i chi? Ydy'ch car wedi torri i lawr?'

Edrychodd Marie'n obeithiol dros ei ysgwydd ond y cyfan a welai oedd dau filwr arfog yn sefyll wrth giât y lôn fel petaent yn gwarchod y tŷ.

'Na, mae'r car yn iawn, ond diolch i chi am gynnig cymorth. Fy enw yw Rolf Hermann, Cyrnol Rolf Hermann. Oes modd i mi ddod i mewn am sgwrs fach?'

Daeth Hermann i mewn i'r tŷ a thynnu ei het. Gwenodd yn ddiolchgar ar Marie wrth iddi gymryd ei gôt a'i hongian ar fachyn wrth y drws.

'Sdim byd fel tân agored,' meddai'r Almaenwr wrth dynnu ei fenig lledr du a chlosio at y fflamau gan rhwbio ei ddwylo i'w cynhesu.

Edrychodd Marie yn betrusgar i gyfeiriad Ricard a'i llygaid yn llawn gofid am na wyddai ar ba berwyl roedd yr ymwelydd hwn yno.

'Dyma Ricard, sy'n gweithio yn y Café Rouge yn y dre. A dyma Mireille. Mae hi wedi gwneud cerdyn Nadolig i mi.'

Roedd Mireille wedi syrthio i gysgu yn ei chadair.

'A, braf iawn. Nadolig plentyn. Dwi'n cofio Nadolig fy mhlentyndod yn ôl yn Munich, flynyddoedd maith yn ôl.'

Eisteddodd Hermann ar ôl ysgwyd llaw Ricard. ''Dach chi'n byw ar eich pen eich hun, Madame? Yn ôl ein cofnodion mae eich gŵr, Amos, yn byw yma. Mae o'n Iddew – ydw i'n iawn?' gofynnodd ar ôl distawrwydd go hir.

'Ydw, dwi ar fy mhen fy hun erbyn hyn. Mi oedd fy ngŵr yn byw yma efo mi ond mi aeth i Brydain pan ddechreuodd y trafferthion.'

'Trafferthion, meddech chi...? Hoffwn i feddwl mai partneriaeth sydd gynnon ni erbyn hyn. Ydach chi'n cytuno?' holodd Hermann gyda gwên fawr arall.

'Yn sicr, mae popeth wedi newid ers... y bartneriaeth,' atebodd Marie yn dawel.

Nodiodd Hermann fel petai'r mater wedi'i setlo. Aeth y sgwrs yn fud unwaith eto.

''Na i ddim eich cadw chi, dwi'n gweld fod gynnoch chi gwmni.' Agorodd Hermann ei ffeil a throi at un o'r tudalennau. 'Yn ôl y wybodaeth swyddogol sydd gynnon ni, un person sy'n byw yma, sef chi, felly mae popeth i'w weld yn gywir.'

Roedd y rhyddhad ar wyneb Marie yn amlwg. Edrychodd Hermann o'i gwmpas. Gwenodd wrth weld Mireille wedi'i rholio'n belen fach yn ei chwsg. Roedd Hermann fel petai'n edrych am rywbeth. Hoeliodd ei sylw ar y ffidil ar y bwrdd.

'Ffidil fach ddeniadol iawn. Dwi'n eiddigeddus, gan nad ydw i'n gallu ei chwarae fy hun.'

'Hen dro. Hoffech chi baned o rywbeth poeth?' meddai Marie gan geisio newid y pwnc.

''Dach chi'n chwarae, Madame?' gofynnodd Hermann gan ddiystyru'r cynnig.

'Na, fy ngŵr oedd yn arfer chwarae.'

'Dwi'n gweld.' Nodiodd Hermann yn hir cyn gofyn ei gwestiwn nesaf yn bwyllog. 'Fedrwch chi ddatrys tipyn o ddirgelwch i mi, felly?'

'Iawn. Dwi'n hapus i fod o gymorth i chi.'

'Neithiwr... Oeddech chi yma ar eich pen eich hun drwy'r nos?'

'Oeddwn,' atebodd Marie yn araf a gofalus.

'Roedd hi'n noson sych a chlir neithiwr ac mi benderfynais

fynd am dro bach. Wrth i mi basio eich bwthyn, digwyddodd rhywbeth arbennig iawn. Mi glywais ffidil yn cael ei chwarae yn y dull mwyaf bendigedig. Alaw felfedaidd, ond tiwn anghyfarwydd i mi, gwerinol efallai, melodi syml yn llawn hiraeth. Roedd y nodau'n llifo allan o'ch tŷ ac yn tynnu ar dannau fy nghalon. Gwych iawn, Madame…'

Syllodd Marie arno heb ddweud gair.

'Felly, dyma'r cwestiwn i chi: pwy oedd yn chwarae os oeddech chi ar eich pen eich hun?' gofynnodd Hermann, gan godi'i ddwylo'n ddramatig i awgrymu dirgelwch mawr.

Cuddiodd Marie ei phen yn ei dwylo ac ochneidio'n drwm. Daeth gwên i wyneb Hermann. Roedd o wedi'i dal. Roedd o wedi hen arfer dod o hyd i bob math o bobl yn cuddio yng nghartrefi ac ar ffermydd Ffrainc. Roedd y rhestr yn faith – sipsiwn, comiwnyddion, Iddewon… Ond dyma'r tro cyntaf iddo ddod o hyd i Iddew yn cuddio yn ardal Vannes. Cyn dathlu'r darganfyddiad roedd yn rhaid cael Amos allan o'i guddfan.

'Madame, dwi'n cymryd, o'ch ymateb chi, fod eich gŵr yn y tŷ. Mae cuddio Iddew yn drosedd ddifrifol. Ond mi edrychwn yn ffafriol ar eich sefyllfa os dewch chi'ch dau gyda mi yn dawel ac yn waraidd. Mi gewch chi gyfle i ffarwelio â'ch gŵr, ac mi gaiff o gyfle i bacio bag. Y dewis arall yw i mi alw'r ddau filwr i mewn er mwyn ei lusgo allan. Dwi ddim yn credu eich bod eisiau gweld hynny'n digwydd?'

Rhoddodd Hermann bwyslais ar y geiriau olaf er mwyn gwneud yn siŵr fod y sawl oedd yn cuddio yn ei glywed hefyd. Edrychodd ar y llawr pren o dan ei draed gan amau mai yno, yn y seler, roedd y guddfan.

Ond yn y gegin roedd Amos, yn gwylio popeth drwy dwll y clo. Gafaelai'n dynn yn y dryll *twelve-bore* yn ei law a'i feddwl ar garlam. Doedd ganddo ddim bwriad ildio i'r Almaenwr ond ei gonsýrn mwyaf, petai o'n dechrau saethu, oedd y ddau filwr y tu allan a'r niwed a ddeuai i'w wraig ac i'r ymwelwyr ifanc o'r Café Rouge.

Roedd meddwl Ricard yn rasio hefyd. Eiliad yn unig oedd ganddo i benderfynu. Naill ai gadael popeth yn nwylo ffawd neu wneud rhywbeth i gynorthwyo Marie.

'Madame? Ble mae eich gŵr yn cuddio?' mynnodd Hermann a chodi ei lais o ddifri am y tro cyntaf.

Yn ôl yr euogrwydd ar ei hwyneb roedd Marie ar fin cyffesu ond torrodd Ricard ar ei thraws cyn iddi ddweud gair.

'Fi oedd yma neithiwr. Mae Marie a minnau wedi bod yn... cadw cwmni i'n gilydd.'

Edrychodd Hermann yn syn arno. Cododd a nôl y ffidil a'i rhoi i Ricard cyn eistedd.

'Chwaraewch... yr un diwn â neithiwr,' mynnodd Hermann. Safodd Ricard. 'Mi chwaraeais sawl tiwn neithiwr. Fedrwch chi gofio sut roedd y gân yn mynd? Ei hymian imi efallai?'

Er nad oedd Hermann yn gallu cofio'r union diwn dechreuodd hymian ambell nodyn, ac ar ôl ychydig ymunodd Marie.

'Iawn. Dwi'n gwybod pa diwn glywsoch chi,' dywedodd Ricard ymhen ychydig eiliadau. Rhoddodd y ffidil o dan ei ên a dechrau chwarae.

Doedd gan Marie ddim syniad beth i'w ddisgwyl. O'r tannau daeth nodau adnabyddus 'Hava Nagila'. Llifodd y nodau, a daeth rhyddhad mawr i wyneb Marie. Ond sut yn y byd roedd y Ffrancwr dieithr hwn wedi adnabod alaw Iddewig a'i chwarae mor feistrolgar?

Ar ôl iddo chwarae am funud rhoddodd Hermann glap iddo. 'Wel, wel, wel. Gwych iawn. Bendigedig.' Aeth Hermann i nôl ei gôt ac anelu am y drws. 'Cyn i mi fynd, mae 'na un peth arall. 'Dach chi'n gweithio yn y Café Rouge?' gofynnodd Hermann gan glosio at Ricard fel petai am ofyn ffafr.

'Yndw. Pam 'dach chi'n holi?'

'Mae fy mhennaeth o Berlin yn ymweld â ni dydd Sadwrn nesaf. Dwi eisiau cynnig lletygarwch iddo – bwyd da ac adloniant. Mi fydd yna griw ohonon ni. Fyddech chi'n fodlon archebu byrddau i ni a hefyd chwarae rhywfaint ar y ffidil yn ystod y pryd bwyd i'n diddanu?'

'Croeso,' atebodd Ricard, ac yna roedd Hermann ar ei ffordd, ar ôl dymuno noswaith dda iddynt.

Ar ôl i sŵn eu cerbydau dewi yn y pellter pwysodd Marie yn ôl yn ei chadair a chau ei llygaid fel petai hi'n dweud gair o weddi.

'Diolch,' meddai ar ôl eiliadau hir. 'Rydach chi'n gwybod y gwir amdanon ni rŵan,' ychwanegodd.

'Yndw, ond mi wnawn ni gadw popeth yn gyfrinachol rhyngon ni, Marie, peidiwch â phoeni. Efallai bydd cyfle i mi gyfarfod â'ch gŵr rhywbryd?'

Gwenodd Marie. 'Peidiwch â dal eich gwynt. Mae Amos yn cadw o'r golwg.'

'Deall yn iawn. Fyddech chi gystal â benthyg ei ffidil i mi, i mi gael chwarae i'r Almaenwyr yn y Café Rouge nos Sadwrn?'

'Dwi'n gwybod y bydd Amos yn fwy na hapus. Cymerwch y ffidil ar bob cyfri.'

Felly, gyda Mireille yn un fraich a'r ffidil yn y llall ffarweliodd Ricard.

'Noswaith dda. Dwi'n credu y dylwn i fynd â'r ferch fach gysglyd yn ôl adre, cyn bod Jeanne a Serge yn dod i chwilio amdani.'

'Cofiwch y mêl,' meddai Marie a rhoi'r potyn yn nwylo cysglyd Mireille am yr eildro'r noson honno.

Daliai Amos i syllu arno drwy dwll bach y drws wrth iddo ffarwelio. Pwy oedd newydd arbed eu bywydau a chymryd siawns enfawr drwy beryglu ei fywyd ei hun hefyd? Sut ar y ddaear roedd y Ffrancwr wedi llwyddo i chwarae 'Hava Nagila' heb nodyn o'i le? Oedd, roedd y byd wedi troi â'i ben i waered.

15

Almaenwyr yn y Café Rouge

ROEDD SERGE A Jeanne wedi paratoi'n ofalus i dderbyn yr Almaenwyr ac wedi bod yn brysur yn paratoi gwledd. Roedd yr addewid o gael cwsmeriaid wedi rhoi hwb newydd i'r ddau. Diolch i Michel, roedd ganddynt fwyd môr ar y fwydlen gan gynnwys cawl cimwch – *Bisque de homard* gyda saffrwm, Cognac a hufen cyfoethog. Roedd arogl hyfryd pobi bara yn llenwi'r caffi a fyddai'n cael ei weini gyda'r *Pâté du chef* blas porc ac Armagnac. Fel prif gwrs roedd ffermwr lleol wedi darparu cig eidion ar gyfer y *Filet mignon aux deux poivres* mewn saws hufen a Cognac. Roedd tatws *dauphinoise* a *Coquilles Saint-Jacques* nefolaidd ar gael i'r rhai nad oeddent am ddewis cig coch.

Yn y cyfamser, yng nghaffi LeGrand roedd Philippe Baptiste yn paratoi gwledd arall. I gychwyn roedd yn cynnig cawl india-corn gyda bacwn a nionod neu blatiaid o wyau gyda merllys. Yn ôl yr hen air, mae pethau gorau bywyd yn rhad ac am ddim ond yn ôl Philippe doedd hynny ddim yn wir. Roedd y pethau gorau'n costio ugain ffranc ac yn cael eu gweini ganddo yn y Café LeGrand. Heno, fel prif gwrs, roedd ganddo *Cèpes en persillade*, madarch gwyllt gyda phersli a garlleg, ac ar ei ôl roedd *Tarte vigneronne*, sef tarten gydag afalau wedi'u sleisio'n denau gyda hufen a saws caramel.

*

Erbyn wyth o'r gloch roedd y Café LeGrand dan ei sang eto a'r Café Rouge yn wag a phawb yno yn cicio'u sodlau. Doedd dim sôn am yr Almaenwyr.

Er gwaethaf yr oerfel roedd y glanhawr esgidiau wedi gosod ei stondin gerllaw'r Café Rouge ac roedd yntau'n waglaw hefyd. Swyddogion yr Almaen â'u hesgidiau mawr du fyddai'n talu orau a doedd dim sôn amdanynt. Bu Ricard yn ymarfer ei ffidil yn ei ystafell ond ar ôl gweld y glanhawr esgidiau yn oeri yn y stryd islaw arllwysodd wydraid o Cognac a mynd allan ato.

'Rhywbeth bach rhag yr oerfel.'

Yfodd y gwydraid mewn un cegaid. 'Siomedig. Wyt ti'n siŵr mai heno oedd y noson, Ricard?'

'Yndw, heno yn bendant.'

'Mae'r Café LeGrand yn llawn eto. Druan o Serge a Jeanne. Mae'r peth yn dorcalonnus. Fyddi di ddim angen y ffidil heno wedi'r cyfan,' meddai wrth roi'r gwydryn gwag yn ôl iddo.

'Na, ti'n iawn. Ar ôl yr holl waith paratoi a'r gost. Dwi'n teimlo cyfrifoldeb am hyn i gyd.'

Roedd wynebau llwm Mireille a Jeanne yn edrych arnynt o'r tu ôl i ffenestri'r caffi gwag. Wrth i Ricard gerdded yn ôl am y caffi clywodd sŵn moduron yn y pellter ac ymhen llai na munud roeddent wedi cyrraedd – dau feic modur i gychwyn, ac yna dau gar mawr du a lorri'n llawn milwyr y tu ôl iddynt.

'Cwsmeriaid!' meddai'r glanhawr esgidiau gan rwbio ei ddwylo.

Cyn i ddrysau'r ceir mawr du agor neidiodd y milwyr arfog allan a ffurfio cylch trefnus o amgylch y caffi. Yna camodd wyneb cyfarwydd Hermann o'r car cyntaf ac estyn ei law i gyfeiriad Ricard.

'Noswaith dda. Gwell hwyr na hwyrach. Ymddiheuriadau. Mi oedd y pennaeth yn hwyr yn cyrraedd o Berlin.'

'Dim problem. Mae popeth yn barod ar eich cyfer. Croeso i'r Café Rouge.'

'Ydach chi wedi cofio am y ffidil? Mae Reinhard, y Pennaeth, yn edrych ymlaen at eich clywed yn chwarae dros swper.'

'Dwi wedi cofio. Pa fath o gerddoriaeth mae o'n ei hoffi?'

'Gallwch chi ei holi fo eich hun. Dyma fo'n dod.'

Agorodd drws y car arall yn araf a chamodd dyn awdurdodol yr olwg allan mewn lifrai yn llawn bathodynnau rhyfel. Roedd yn ddyn pryd golau oddeutu deugain oed, dros ei chwe throedfedd gyda thalcen uchel bonheddig. Daeth y wên leiaf erioed i'w wyneb wrth iddo ddal llygad Ricard. Cynigiodd yr ymwelydd ei law ond y cyfan a wnaeth Ricard oedd syllu'n ôl fel petai wedi gweld ysbryd.

Daeth yr atgof yn ôl iddo fel taran. Roedd wedi syllu i fyw ei lygaid unwaith o'r blaen, yn ystod cyfnod ei hyfforddiant yn ôl ym Mhrydain. Roedd llun y dyn yma ar y wal ymysg yr oriel o brif arweinwyr y Natsïaid. Cofiodd y nodiadau o dan y llun. Pennaeth y Gestapo a gyda'r mwyaf creulon o swyddogion Hitler. Roedd Reinhard Heydrich yn sefyll o fewn llathen iddo.

'Noswaith dda,' meddai Heydrich gan estyn llaw. 'Chi sydd am ein diddanu heno?'

Ond y cyfan a wnaeth Ricard oedd aros yn llonydd fel delw a gadael i law Heydrich hofran o'i flaen. Diflannodd y wên a daeth caledwch i wyneb Heydrich. Roedd y dyn ifanc wedi gwrthod ei gyfarch. Cyn i Heydrich dynnu ei law yn ôl, serch hynny, deffrôdd Ricard a'i hysgwyd.

'Ie, croeso. Fy enw yw Ricard. Mae'r Café Rouge yn barod i'ch croesawu.'

Erbyn naw o'r gloch roedd y caffi'n brysur, a sŵn gwledda a chymdeithasu'r Almaenwyr yn groch o gwmpas y sgwâr. Roedd y glanhawr esgidiau yn ei seithfed nef ac arian mawr yn ei boced am iddo yntau fod yn brysur hefyd yn glanhau esgidiau nifer o'r Almaenwyr rhwng y cyrsiau bwyd.

Aeth Ricard o gwmpas y byrddau i gynnig llenwi gwydrau. Daeth at Heydrich.

'Pa fath o gerddoriaeth 'dach chi'n mynd i'w chwarae i ni heno?' holodd Heydrich yn sychaidd.

Cofiodd Ricard y geiriau o dan lun Heydrich ar y wal yn ôl yn Beaulieu – 'The man with the iron heart' yn ôl Hitler, 'The Hangman' yn ôl eraill, a ffigwr mwyaf tywyll yr elît Natsïaidd.

'Be 'dach chi'n ei hoffi, syr?' gofynnodd Ricard gan sefyll yn ôl ar ôl llenwi ei wydr.

Cyn ei ateb, cododd Heydrich ei wydr ac astudio'r gwin ac yna ei droi fel arbenigwr.

'Dwi'n mwynhau'r clasuron. Mae Bach yn ffefryn. Beth amdanoch chi? Pwy yw eich hoff gyfansoddwr?' holodd yr Almaenwr gan gymryd llwnc o win coch a'i droi o gwmpas ei geg wrth aros am ei ateb. Roedd Heydrich yn disgwyl i Ricard enwi un o'r meistri, fel Beethoven efallai.

'Mahler,' atebodd Ricard gan wybod yn iawn mai Iddew oedd y cyfansoddwr hwnnw.

Poerodd Heydrich y gwin dros y bwrdd o'i flaen a dechrau peswch fel petai rhywbeth yn sownd yn ei wddf. Gwenodd Ricard. Roedd hi'n wybodaeth gyhoeddus fod Hitler ei hun wedi gwahardd holl waith Mahler. Wrth i Heydrich ddod ato'i hun cododd Hermann, a gwydr yn ei law, er mwyn cynnig llwncdestun.

'Gyfeillion, gadewch i ni godi ein gwydrau i Ricard. Nid yn unig am ei fod am chwarae'r ffidil i ni'n nes ymlaen heno ond mae'n bwysig i ni hefyd gydnabod ei wasanaeth cyhoeddus. Gyfeillion, mae Ricard yn gwneud gwaith pwysig yn y dre yma, sef cadw'r gwragedd yn gynnes yn eu gwlâu tra bod eu gwŷr i ffwrdd!'

Chwarddodd ei gyd-Almaenwyr yn uchel. 'Felly, codwch eich gwydrau… i Ricard!'

'I Ricard!' gwaeddodd pawb ar ei ôl.

Gwagiodd Hermann ei wydryn mewn un llwnc cyn cyhoeddi bod adloniant y noson ar gychwyn.

Penderfynodd Ricard chwarae 'Méditation' o'r opera *Thaïs* gan y Ffrancwr Jules Massenet. Roedd wedi bod yn ymarfer y darn yn ei ystafell yn ystod y dydd. Tynnodd anadl ddofn, caeodd ei lygaid yn dynn a thynnu ei fwa'n bwyllog ar hyd y tannau. O'r offeryn bach daeth gwledd i'r enaid, o fraich y dewin daeth swyn ac o'r bwa daeth nodau trist fel galar am gariad a gollwyd.

Ar ôl gorffen y darn a derbyn canmoliaeth ei gynulleidfa, a chan wybod bod y mwyafrif ohonynt yn Almaenwyr, chwaraeodd *Partita* gan Bach i gloi. Hwyliodd yr alaw felfedaidd drwy ffenestri'r Café Rouge ac allan i'r noson glir y tu hwnt. Swynwyd y gynulleidfa gan y nodau, a'r chwarae'n wylaidd a hiraethus ym mhrydferthwch llonydd y foment.

RHAN 2

1

Diwrnod cyntaf y gwanwyn, 1941

DOEDD ODIN DDIM wedi ymddangos eto a dechreuodd Ricard amau a oedd y fath berson yn bodoli o gwbl.

Doedd dim newyddion am Gustave na Lucie Dorland chwaith er i Luc holi ymhobman, ond roedd y wlad yn llawn storïau am bobl yn diflannu ac ambell un yn ailymddangos heb rybudd.

Yn Vannes, edrychai Amos drwy ffenest ei gegin ar ei gychod gwenyn ac amau ei fod wedi gweld gwenynen gyntaf y flwyddyn. Yn ôl yr arfer, roedd un fach wedi dod allan o'r cwch ar ôl teimlo gwres yr haul.

Wrth godi'r bore hwnnw roedd Amos wedi amau mai heddiw fyddai'r diwrnod. Roedd haul y bore ychydig yn gryfach, a chynnwrf newydd yn nhrydar adar bach y llwyni. Bu'n syllu'n hir ar enau'r cwch cyn gweld yr un fach gyntaf yn ymddangos. Ac ar ôl y gyntaf daeth un arall ac ymhen ychydig funudau roedd y cwch gwenyn yn effro unwaith eto.

*

Tawel fu dathliadau'r flwyddyn newydd ym Mhrydain a doedd fawr neb yn edrych ymlaen at yr hyn fyddai gan 1941 i'w gynnig. Llythyr go swta a gawsai rhieni Ricard Stotzem ym Mae Colwyn gan Bryn Williams o'r SOE yn eu hysbysu nad oedd modd caniatáu gwyliau i staff yr SOE dros y Nadolig.

Er bod yr ysbryd Prydeinig yn dal yn gryf, llosgai eu gobeithion fel cannwyll unig mewn ystafell wag. Doedd fawr i'w ddathlu mewn gwirionedd, gan mai gwlad o dan fygythiad oedd

Prydain a phopeth amdani yn brin – prinder bwyd, prinder arfau, a gan nad oedd yr Americanwyr am ymuno â'r rhyfel ar y pryd, prinder ffrindiau hefyd. Oedd, roedd llygedyn o obaith ar ôl i awyrennau'r RAF gael y gorau ar y Luftwaffe ond ym mrwydr Môr Iwerydd, llongau tanfor yr Almaen oedd drechaf.

*

Âi'r Café Rouge o nerth i nerth, diolch i waith caled Jeanne a Serge, ac atyniad Ricard a'i ffidil. Ar ôl llwyddiant y noson gyntaf aeth y gair ar led mai'r Café Rouge bellach oedd y lle i bwysigion Vannes gael eu gweld. Gyda haul a gwres y gwanwyn, daeth cyfle i weini *al fresco* wrth y byrddau o flaen y caffi. Gorfodwyd *chef* newydd y Café LeGrand i fynd yn ôl i Baris, a daeth y selog Jean yn ôl yn brif gogydd.

Yn wahanol i'r rhelyw, casáu clywed y ffidil fyddai perchennog y Café LeGrand, ond y gymeradwyaeth werthfawrogol ar ôl y perfformiad fyddai'n ennyn ei ddicter mwyaf. Roedd Monsieur LeGrand wedi cael digon. Heddiw oedd y diwrnod cyntaf o wanwyn a heddiw oedd y diwrnod i ddial.

2
Jean-Paul Saliceti

ROEDD MONSIEUR LEGRAND wedi talu trwy ei drwyn am y petrol ar gyfer y daith i Nantes, wedi gadael Vannes am saith yr hwyr ac wedi cyrraedd erbyn hanner awr wedi wyth. Gyrrodd heibio'r Théâtre Graslin, adeilad trawiadol, yn wir, diemwnt disglair yng nghoron bensaernïol y ddinas. Roedd yr adeilad fel teml Roegaidd gyda grisiau llydan yn arwain at y fynedfa o dan res o golofnau cerrig. Gyferbyn â'r theatr roedd bwyty La Cigale ac yno roedd ganddo gyfarfod â Jean-Paul Saliceti. Gyrrodd LeGrand yn araf gan edrych am le i barcio ar y sgwâr ond doedd dim brys arno. Roedd ganddo o leiaf ddeng munud cyn ei gyfarfod.

Gŵr cyfoethog ac aelod o'r Milieu oedd Jean-Paul Saliceti. Câi y Milieu, a oedd yn weithredol ym Mharis, eu hystyried yn debyg i'r Maffia yn yr Eidal a byddent yn lladrata a thwyllo ar raddfa eang i sicrhau eu bod un cam ar y blaen i'r awdurdodau. Roedd gan Jean-Paul, fel llawer o'r Milieu llwyddiannus, gartref ym Mharis a chartref arall yn Nantes lle'r hoffai ddianc gyda'i deulu o dro i dro.

Ar ôl parcio, cerddodd LeGrand i gyfeiriad La Cigale. Roedd Jean-Paul yno'n ei ddisgwyl ac wedi dewis La Cigale oherwydd bod y lle'n foethus ac yn ddrud, y math o le yr hoffai Jean-Paul gael ei weld ynddo. Bwyty mwyaf prydferth Ffrainc, efallai'r byd cyfan, meddai rhai. Roedd y lle'n wledd bensaernïol, yn gyfuniad o Art Nouveau'r tridegau a dylanwadau baróc oes Fictoria, yn adeilad dramatig llawn cerfluniau, darluniau hardd a drychau enfawr.

Eisteddai Jean-Paul mewn cadair esmwyth yn mwynhau ei hun, yn yfed y siampên drutaf yn y lle.

'Noswaith dda, Monsieur LeGrand. Eisteddwch. Cymerwch wydraid.'

Gwelsai LeGrand luniau o Jean-Paul yn y papurau newydd gan ei fod (fel llawer i aelod blaengar o'r Milieu) yn mwynhau'r cyhoeddusrwydd a ddôi o gyfrannu i ambell elusen leol. Edrychai'n union fel ei luniau – dyn tal a chanddo wallt du fel y frân a lliw haul ar ei ruddiau. Cododd LeGrand y botel o'r bwced rhew ac arllwys gwydraid iddo'i hun cyn pwyso'n ôl mewn cadair freichiau ledr foethus i gael ei wynt ato.

'*Champagne* arbennig,' meddai gan edrych o gwmpas yr ystafell fawr yn llawn edmygedd.

'Archebais i botel o'r Pommery 1934, gan ragdybio cich bod chi'n gwerthfawrogi'r gwinoedd gorau.'

'Gwych iawn. A diolch yn fawr.' Dangosodd LeGrand ei werthfawrogiad gyda gwên.

'Na, diolch i chi, Monsieur LeGrand, gan taw chi sy'n talu. Ry'ch chi'n hael iawn yn caniatáu'r moethusrwydd hyn.'

Diflannodd y wên o wyneb LeGrand. Tro Jean-Paul oedd hi i wenu. Daeth perchennog La Cigale draw atynt â photelaid arall o'r siampên drud yn ei law.

'Croeso mawr i chi'ch dau yma yn La Cigale. Fi yw'r perchennog, Marco Bellini,' cyhoeddodd wrth wagio gweddillion y botelaid gyntaf i wydryn Jean-Paul.

Rhoddodd Marco Bellini y botel wag â'i thrwyn i lawr yn y bwced rhew ac yna cyflwynodd yr ail botel. Daliodd hi'n urddasol o flaen y ddau gyda'r label yn eu hwynebu gan wneud sioe ohoni, fel petai'n arwerthwr yn dangos gemwaith gwerthfawr cyn arwerthiant. Edrychodd o'r naill i'r llall ac aros am ymateb. Doedd LeGrand ddim eisiau mwy ac yn sicr doedd o ddim eisiau talu am ail botelaid, felly rhoddodd ei law dros geg ei wydryn ac ysgwyd ei ben.

'Syniad gwych,' dywedodd Jean-Paul er mawr siom i LeGrand.

Tasgodd y corcyn allan o'r botel. Chwarddodd Jean-Paul a Marco wrth wylio'r corcyn yn saethu'n afreolus i'r awyr uwch eu pennau. Duw a ŵyr faint fyddai'r poteli yma'n ei gostio, meddyliodd LeGrand.

'Diolch, Marco. Mae dod yma'n fy ngwneud i'n ŵr hapus iawn. Yn wir, hapusrwydd sy'n bwydo fy enaid.'

'Diolch, Monsieur Saliceti. Dwi'n dweud wrth bawb sy'n dod drwy'r drws am anghofio popeth. Anghofio popeth heblaw am y *Champagne*, y bwyd a'r hapusrwydd sy'n rhan bwysig o'r profiad.'

Ar ôl siarad ychydig mwy, ac er mawr ryddhad i LeGrand, fe aeth y perchennog at fwrdd arall. Doedd LeGrand ddim wedi dod yr holl ffordd o Vannes i wrando ar siarad gwag, er y byddai'n aml yn euog o'r un gwendid yn union yn ei fwyty ei hun. Roedd yn awyddus i agor ei drafodaeth gyda Jean-Paul. Roedd pwrpas strategol i'r cyfarfod a doedd o ddim am wastraffu munud arall.

Yfai Jean-Paul y gwin byrlymus a gwrando'n ofalus ar LeGrand yn adrodd hanes y Café Rouge a'r ffidlwr ifanc. Erbyn iddo orffen ei stori roedd yr ail botelaid yn wag hefyd, felly cododd Jean-Paul o'i gadair yn hamddenol a pharatoi i ymadael. Byddai dwy botelaid yn ddigon i feddwi'r rhan fwyaf, ond nid Jean-Paul. Daeth un o'r staff yno gyda'i gôt a'r bil. Bu hi'n noson ddrud iawn i Monsieur LeGrand.

'Dwi wedi cael noson fendigedig,' meddai Jean-Paul wrth i aelod o'r staff dynnu ei gôt am ei ysgwyddau. Gwisgodd ei fenig a cherddodd y ddau at y drws. Wrth i'r drws agor daeth dau swyddog milwrol Almaenig i mewn yn llawn hwyliau ac ar ganol rhannu rhyw jôc. Daliodd Jean-Paul y drws iddynt yn serchog ond chafodd o ddim gair o ddiolch.

'Maen nhw'n meddwl eu bod yn rheoli'r byd,' dywedodd wrth danio sigarét y tu allan.

Cerddodd y ddau mewn distawrwydd am ychydig cyn i LeGrand holi ei gwestiwn.

'Fedrwch chi fy helpu?'

'Dwi'n cymryd nad arbenigwr marchnata sydd ei angen arnoch? Ond rhywun i weithredu'n fwy... uniongyrchol, fel petai?'

'Ie, yn union felly,' atebodd LeGrand.

'Mae gen i ffrind all eich helpu. Mi drefnaf ei fod yn dod i'ch gweld nos yfory yn eich bwyty ar ôl i chi gau.'

3

Drannoeth yn y Café LeGrand

CAEODD Y CAFÉ LeGrand yn gynnar ac roedd yr holl le mewn tywyllwch. Cawson nhw ddiwrnod siomedig arall a dim ond llond dwrn o gwsmeriaid alwodd drwy'r dydd. Roedd Jean, yr hen gogydd, yn ôl wrth ei waith ond ofer fu pob ymdrech i ddenu cwsmeriaid. Aeth car heibio'r ffenest, ei oleuadau llachar yn goleuo'r holl fwyty am eiliad. Chwaraeai llafnau o olau ymysg y byrddau a chreu cysgodion yn yr ystafell wag. Cyn diflannu taflodd y car ei belydryn olaf ar gornel dywyllaf y bwyty a goleuo wyneb dyn oedd yn eistedd yn llonydd ar ei ben ei hun.

Edrychai Monsieur LeGrand mor unig â'r distawrwydd oer o'i amgylch. Roedd gweddillion pryd o fwyd o'i flaen ond doedd fawr o awydd bwyta arno. Roedd yn cwrdd ag ymwelydd arbennig. Yn ôl Jean-Paul roedd o wedi defnyddio'r dyn sawl gwaith er mwyn tawelu gelynion, a thalent fwya'r dyn oedd ei allu i gwblhau job o waith yn gyflym, yn daclus a heb dystion.

Syllodd LeGrand drwy'r tywyllwch ar fwrlwm bwyty prysur y Café Rouge gyferbyn. I berchennog bwyty, sŵn methiant yw tawelwch ond sŵn llwyddiant yw bwrlwm prysur y gegin a'r gweini, cloncian y platiau a'r gwydrau, a thrydar mwynhad y gwesteion. Dyna'r sŵn roedd LeGrand yn dyheu am ei glywed yn ei fwyty unwaith eto. Petai wedi ystyried yn ddwys, buasai wedi gallu manteisio ar gerddoriaeth y Café Rouge a'i defnyddio fel cefndir braf i'w westeion ei hun. Gallent glywed a mwynhau'r gerddoriaeth hyfryd yn y Café LeGrand wedi'r cyfan, dros y ffordd. Yn lle hynny, daeth â chwaraewr acordion o Rennes er mwyn cystadlu â ffidil y Café Rouge. Ond nodau cras a bwmpiai'r chwaraewr o'i hyrdi-gyrdi mewn gwrthgyferbyniad llwyr â swyn hudolus y ffidil. Yn fuan, aeth y cynllun hwnnw i'r gwellt. Roedd hi'n gas gan LeGrand weld ei fwyty'n methu a heno roedd ganddo gyfle i newid yr holl sefyllfa.

Gyrrodd car heibio'r caffi eto ac wrth y llyw roedd cawr o ddyn. Parciodd yn ofalus a cherdded yn ôl at y bwyty er mwyn cyfarfod â'i gwsmer. Am fod y dyn mor fawr, llenwai ffrâm y drws yn gyfan gwbl. Eisteddodd mewn cadair gyferbyn â Monsieur LeGrand a rhoddodd yntau wydraid mawr o gwrw o flaen yr ymwelydd. Edrychodd LeGrand o'i gwmpas yn euog, a thynnodd gadair er mwyn closio at y dyn.

'Mae e'n dinistrio fy musnes i, 'dach chi'n gweld, yn chwarae'r ffidil bob nos. Mi oedd gen i ddeugain cwsmer y noson ond prin bod gen i ddeg erbyn hyn. Fydd dim busnes ar ôl cyn bo hir.'

Doedd gan y dyn ddim diddordeb o gwbl yn ei stori. 'Be 'dach chi eisiau i mi ncud?' gofynnodd wrth wagio hanner y cwrw ar un llwnc a gosod y gwydryn i lawr yn galed ar y bwrdd.

'Dim byd mawr. Dim ond gwneud rhywbeth fydd yn ei stopio rhag chwarae,' awgrymodd LeGrand.

'Y ffordd hawsaf fyddai sleifio i mewn, torri llinynnau'r ffidil a rhedeg i ffwrdd,' meddai'r dihiryn a chwerthin gan wybod nad dyna oedd gan ei gwsmer mewn golwg.

Llwyddodd LeGrand i roi gwên fach gyflym cyn ei ateb. 'Na, mi fyddai o'n ei ôl gyda ffidil arall o fewn diwrnod neu ddau. Mae angen rhywbeth mwy... parhaol na hynny.'

'Fel be?' gofynnodd y dyn mawr gan bwyso yn ôl yn y gadair.

'Gwneud rhywbeth corfforol falle?' meddai LeGrand yn dawel.

Taniodd y dyn sigarét a gyrru'r mwg i ganol yr ystafell dywyll cyn ateb.

'Torri ei fysedd â phastwn?' awgrymodd mewn llais oedd yn rhy uchel wrth fodd LeGrand.

'Shhhhh! Siaradwch yn dawelach,' mynnodd LeGrand.

'Os ydw i am dorri ei fysedd mi fydd yn rhaid cael ffrind i fy helpu, rhywun i ddal ei law'n llonydd. I wneud hynny dwi am gael dwy fil ffranc, dim llai. Hanner yr arian rŵan a'r hanner arall ar ôl cyflawni'r dasg,' meddai'r dyn fel petai'n trafod pris anifail mewn marchnad.

'Na, gormod o lawer,' meddai LeGrand ac ysgwyd ei ben.

'Iawn, fe a' i 'nôl adre i Nantes, felly. Diolch am y cwrw,' meddai gan godi i adael.

'Eisteddwch,' meddai LeGrand. 'Dwi'n siŵr fod modd i ni gytuno. Ydach chi'n siŵr y medrwch chi wneud hyn yn effeithiol, heb i mi gael fy amau o fod â rhan yn y trafferthion?'

Chwarddodd y dyn. Cododd ei law chwith a chwarae ffidil ddychmygol. 'Bydd y pastwn yn chwalu esgyrn bach ei fysedd ac ni fydd tystion.'

Aeth LeGrand i nôl ei arian a chyfri mil ffranc o'i flaen. Ar ôl pocedu'r arian a gorffen ei gwrw cododd y dyn i fynd.

'Pwy yn union ydy'r cerddor yma? Pryd a ble 'dach chi eisiau i hyn ddigwydd?' gofynnodd.

Pwyntiodd LeGrand drwy ffenest ei gaffi i gyfeiriad y Café Rouge gyferbyn. 'Dyna fo ar y gair. Ei enw yw Ricard Baudoin. Ar ddiwedd bob nos bydd yn gwagio'r sbwriel y tu ôl i'r caffi. Gwnewch eich gwaith bryd hynny a dewch yma wedyn i nôl gweddill eich arian. Peidiwch â sôn gair wrth yr un enaid byw am hyn.'

4

Gweithredu'r cynllwyn

Y DIWRNOD CANLYNOL bu'r Café Rouge yn brysur drwy'r
dydd ac, yn ôl y patrwm, digon tawel oedd hi yn y Café
LeGrand. Galwodd Michel y pysgotwr heibio gyda physgod i'w
gwerthu ac aros am wydraid o win ac i wrando ar y gerddoriaeth.
Ac erbyn deg o'r gloch roedd LeGrand wedi cau ei ddrysau ac
yn gwylio Ricard yn derbyn cymeradwyaeth y gwesteion. Daeth
gwên fach slei i'w wyneb.

'Gobeithio iti fwynhau'r nodyn olaf yna,' meddai wrtho'i hun
a throi'r arwydd ar ei ddrws i ddynodi *Fermé*.

Gwyddai, ymhen ychydig funudau, y byddai dyddiau Ricard
fel ffidlwr ar ben ac mai dyna fyddai diwedd sŵn cwynfanllyd
ei offeryn. Buan y deuai'r cwsmeriaid yn ôl i'r LeGrand wedi
hynny, meddyliodd. Fel roedd hi'n digwydd, y noson honno
roedd cwpwl rhamantus yn dal i eistedd wrth fwrdd y tu allan i'r
Café Rouge, yn cymryd eu hamser ac wedi gofyn am goffi arall.
Fyddai'r Café Rouge byth yn rhuthro'u cwsmeriaid.

'Mi wna i orffen yma ac yna cloi,' gwaeddodd Ricard o'r tu
allan at Jeanne a Serge.

'Diolch, Ricard,' gwaeddodd Jeanne. Roedd hi'n falch o gael
ychydig o lonydd ar ôl diwrnod hir arall.

Safodd Ricard ar gornel y stryd ac edrych o'i gwmpas. Roedd
y Café LeGrand wedi cau'n gynnar a'r lle'n dywyll, ond eto credai
Ricard iddo weld rhywun yn symud yn y tywyllwch. Y golau'n
chwarae triciau, meddyliodd, gan ei bod hi'n noson leuad lawn.
Daeth arogl cyfarwydd sigarét Gitanes cryf i ffroenau Ricard
– roedd ganddo drwyn da am aroglau gwahanol. Edrychodd

o'i gwmpas ond doedd neb yno. Fel arfer byddai perchennog y sigarét rywle gerllaw ond doedd dim sôn am hwn. Sylwodd Ricard ar gwmwl o fwg yn dod o gyfeiriad y biniau sbwriel y tu ôl i'r caffi. Ar ôl i'r cwpwl ifanc adael aeth i fwrw golwg yno, gan ddisgwyl dal trempyn yn chwilio am fwyd yn y sbwriel. Ond yn aros amdano wrth y biniau â phastynau yn eu dwylo roedd dau ddyn enfawr. Gafaelodd un ynddo a chloi ei freichiau amdano. Llwyddodd Ricard i'w benio am yn ôl a thynnu gwaed o'i drwyn ond roedd ei afael yn gadarn. Llwyddodd y llall i ledu bysedd Ricard ar bolyn haearn o'u blaenau.

'Dal ei law o i lawr!' gwaeddodd ar ei ffrind.

Llwyddodd y ffrind i ddal llaw Ricard yn fflat ar dop y polyn am yr ychydig eiliadau roedd eu hangen. Camodd y cawr yn ôl a chodi'r pastwn uwch ei ben yn barod i chwalu ei fysedd. Yn yr eiliad honno, a chyn i'r pastwn wneud ei waith, o gornel ei lygad gwelodd Ricard rywun yn symud yn y cysgodion.

*

Heb yn wybod i LeGrand, y noson honno pan ddaeth y cawr i'w fwyty i drafod yr ymosodiad ar Ricard, roedd rhywun arall yn gwrando. Roedd Jean, yr hen gogydd, yn y seler o dan y caffi, wedi clywed popeth. Bob nos, wedi i LeGrand fynd adre, arferai Jean ei helpu ei hun i botelaid fach o win ar y slei yn y seler – gweithgaredd digon diniwed a haeddiannol, ym marn Jean. Dyma fyddai ei wobr am orfod dioddef LeGrand bob dydd. Fyddai o byth yn yfed un o'r gwinoedd gorau rhag tynnu sylw, dim ond ambell botelaid o win y tŷ. Fyddai LeGrand ddim yn cyfri'r rheini, ac ar ôl cloi'r drws fe âi Jean i lawr i'r seler i fwynhau ei hun cyn troi tua thre.

Y noson honno roedd Jean wedi esgus mynd adre ond wedi mynd i agor potelaid o win yn y seler. Ar ôl iddo dynnu'r corcyn clywodd sŵn traed uwch ei ben a gwyddai wedyn mai wedi esgus mynd adre roedd LeGrand hefyd. Doedd dim dewis gan Jean ond aros yn dawel yn y seler rhag cael ei ddal. Yna clywodd rywun arall yn ymuno â'r perchennog a sŵn trwm ei esgidiau ar y llawr yn awgrymu ei fod yn ddyn mawr o gorff. Ar ôl clywed y ddau'n cynllwynio fe wyddai Jean yn union beth i'w wneud â'r wybodaeth a glywsai.

5
Y gyfrinach

ROEDD LLYGAID RICARD ar gau. Dyna sut yr âi i ysbryd y darn. Teimlo'r gerddoriaeth, ymgolli yn yr emosiwn, yn enwedig y Mozart. Llithrai ei fysedd hir i fyny ac i lawr er nad oedd y nodau'n llifo mor llyfn ag arfer y bore hwnnw. Roedd yna densiwn yn ei chwarae ac fe gollodd ei le a rhegi dan ei wynt. Clywodd Jeanne ei reg wrth ddod i mewn i osod y byrddau ar gyfer cinio. Edrychodd arno am rai eiliadau a sylwi ar yr olwg flinedig arno.

'Ricard yn rhegi? Mae golwg wedi blino arnat ti. Wyt ti wedi clywed am y ddau ddyn yn y môr?' gofynnodd.

'Naddo,' atebodd Ricard gan dynnu'r ffidil oddi ar ei ên. 'Be ddigwyddodd?'

'Dau gorff wedi'u golchi ar y traeth y bore 'ma. Wedi'u saethu a'u lluchio i'r môr.'

'Na, chlywais i'r un gair.'

'Wel, mi welais i ddau ddyn diarth o gwmpas y sgwâr neithiwr, ac yn fuan wedyn mi welais i Michel yn hofran o gwmpas hefyd.' Caeodd Jeanne y drws rhwng y bwyty a gweddill y tŷ a syllu i fyw ei lygaid. 'Ricard, pan gwrddaist ti â Michel y tro cynta i lawr wrth y cei, mi winciodd arnat ti. Does dim amheuaeth gen i. Dwi ddim yn ffŵl, Ricard. A lle'r oeddat ti drwy'r nos?' gofynnodd.

'Yma. Yn fy ngwely.'

'Nac oeddat. Mi rois i ddillad glân ar dy wely ddoe. Dwi wedi bod yn dy ystafell di bore 'ma, a does neb wedi cysgu yn y gwely.'

Aeth Jeanne i nôl potelaid o Cognac a dau wydryn.

'Braidd yn gynnar i yfed?' awgrymodd Ricard ond roedd golwg benderfynol ar wyneb Jeanne.

Eisteddodd wrth un o'r byrddau a gwahodd Ricard i eistedd gyferbyn â hi. Arllwysodd ddiod i'r ddau. Cododd Ricard ei wydryn a'i yfed ag un llwnc.

'Ricard, rwyt ti'n gwisgo'r un dillad â neithiwr ac yn edrych fel drychiolaeth,' meddai Jeanne gan ail-lenwi ei wydryn.

Ochneidiodd Ricard yn hir wrth sylweddoli nad oedd fawr o ddewis ganddo ond rhannu rhywfaint o'i gyfrinachau.

''Na i ddim meddwl llai ohonot ti os wyt ti'n rhan o rywbeth… Ond dwi angen gwybod, dyna i gyd. Er ein lles ni i gyd.'

Gwyddai Ricard y gallai ymddiried ynddi, er nad oedd am gyfaddef yr hyn ddigwyddodd neithiwr chwaith, sef ei fod ef a Michel wedi gorfodi'r dynion i fynd ar gwch Michel ac iddynt luchio'r cyrff i'r môr ar ôl rhoi bwled ym mhenglogau'r ddau.

'Nid Baudoin yw dy enw iawn di chwaith, naci? Dwyt ti ddim mwy o Ffrancwr nag ydy Winston Churchill, wyt ti?'

Syllodd Ricard arni am rai eiliadau. 'Na, ti'n iawn,' atebodd yn dawel. 'Dwi *yn* rhan o rywbeth. Rhywbeth mawr a chyfiawn, gwerth ymladd drosto. Ond mae'n rhaid i ti gadw popeth yn dawel. Rhyngon ni'n dau. Iawn?'

Er ei bod hi'n edrych fel petai'n falch o'i onestrwydd roedd golwg bryderus ar wyneb Jeanne.

'Gwranda, paid â dweud mwy. Falle ei bod hi'n well i ti gadw'r manylion i ti dy hun. Ond cofia amdanon ni. Cadwa ni'n saff, Ricard. Dyna'r cyfan dwi'n ofyn.'

6
Mêl Amos, haf 1941

SAFAI MARIE O flaen y cychod gwenyn mewn siwt casglu mêl, a Ricard a Mireille wrth ei hochr. Daeth y ddau o'r Café Rouge i roi help llaw gan fod Amos wedi'u hysbysu mai heddiw oedd y diwrnod priodol i gasglu'r mêl. Roedd hi'n brynhawn mwyn ar ôl bore crasboeth a chlir. Uwch eu pennau, yn hwyr yng ngwres y prynhawn, hongiai un cwmwl unig ar gynfas glas yr awyr.

'Sut mae casglu'r mêl?' holodd Mireille a rhedeg yn syth at y cyntaf o'r cychod a dawnsio o'i gwmpas cyn edrych i mewn drwy'r drws. Camodd yn ôl yn sydyn wrth i hanner dwsin o wenyn ddod allan a hedfan o gwmpas ei phen. Rhedodd hithau mewn ofn a chuddio y tu ôl i goesau Ricard. Chwarddodd Marie a chwifio'i breichiau er mwyn gyrru'r gwenyn i ffwrdd. 'Paid â phoeni. Wnân nhw ddim byd i ti.'

Er mwyn cadw gwenyn yn llwyddiannus, y peth cyntaf a ddysgodd Amos oedd bod yn rhaid deall diwylliant y gwenyn. Deall eu harferion, deall y ffordd yr ânt ati bob blwyddyn yn reddfol i reoli eu hunain, i ddewis yr amser i eni, yr amser i fyw a'r amser i farw. Popeth mewn trefn a honno'n broses ddiwyro, flwyddyn ar ôl blwyddyn.

Edrychodd Ricard ar y llawr o dan y cwch a sylwi bod y gwair yn llawn gwenyn yn cropian fel petaent ar eu hanadl olaf. Camodd Mireille yn ôl yn sydyn ar ôl gweld un yn dringo'i hesgid.

'Pam mae'r gwenyn yn cropian ar y llawr? Be sy'n bod arnyn nhw?' gofynnodd Ricard.

'Dyna'r gwenyn gwrywaidd,' esboniodd Marie. 'Fydd mo'u hangen nhw ar y cwch bellach, felly mae'r gwenyn benywaidd wedi cnoi eu hadenydd a'u lluchio nhw allan i farw. Dydyn nhw ddim yn pigo. Dim ond y deugain mil o weithwyr a'r frenhines sy'n gallu pigo.'

'Brenhines? Yn gwisgo coron?' gofynnodd Mireille.

'Na, does ganddi ddim coron ond mae hi'n symud yn urddasol fel brenhines.'

'Be mae'r frenhines yn neud? Ga i 'i gweld hi?' gofynnodd wedyn.

'Dodwy wyau, miloedd o wyau bob dydd a geni'r gwenyn newydd – y gweithwyr. Mae hi o'r golwg y tu mewn i'r cwch, ti'n gweld – fedrwn ni mo'i gweld hi. Dim ond dwy waith y daw'r frenhines allan o'r nyth. Caiff ei geni yn y nyth, wedyn daw allan unwaith i briodi. Ac wedyn, pan fydd hi'n barod i adael y nyth, pan fydd ei gwaith hi fel brenhines ar ben, dyna fydd yr eildro.'

'Liciwn i weld priodas brenhines,' meddai Mireille wrth ddod allan o'r tu ôl i goesau Ricard a chlosio at y cwch gwenyn yn bwyllog.

Edrychodd Marie ar yr haul cynnes uwch ei phen. Dyma'r adeg orau i agor y cwch, meddyliodd, gan fod mwyafrif y gwenyn allan wrth eu gwaith yn casglu.

'Mae gen i waith casglu i'w wneud yma,' cyhoeddodd Marie. 'Ond dwi am i chi'ch dau fynd yn ôl i'r tŷ – mi ddo i â'r mêl i mewn ac fe gewch chi ddechrau ar y gwaith o'i baratoi.'

Tynnodd Marie'r caead oddi ar y cwch cyntaf. Roedd Amos wedi'i dysgu yn dda. Gwenodd. Roedd y cwch yn llawn. Yn wahanol i'r frenhines, dim ond am ychydig fisoedd y byddai'r gwenyn yn byw oherwydd llafur caled eu galwedigaeth. Roedd eu gwaith yn ddi-stop. Casglu neithdar a'i droi'n fêl, creu cwyr, deor yr wyau, bwydo'r larfa yn y celloedd, glanhau'r cartref, a gweithredu fel ymgymerwyr ar gyfer y meirw. Er mai'r rhain oedd y gwenyn lleiaf yn y nyth, y rhain fyddai'r gweithwyr prysuraf.

Roedd Amos wedi deall bod modd osgoi pigiadau'r gwenyn wrth fynd o'i chwmpas hi'n bwyllog. Ond doedd gan Marie ddim yr un ffydd â'i gŵr ac o ganlyniad gwisgai siwt rhag cael ei phigo. Dechreuodd dynnu'r mêl allan yn drefnus. Ar ôl casglu'r mêl mewn bwcedi aeth y caead yn ôl yn ofalus gan adael digon o fêl o amgylch y frenhines i'w gwarchod yn ddiogel. Erbyn i'r criw bach o weithwyr orffen eu gwaith am y dydd roedd pentwr o botiau mêl ar fwrdd y gegin.

Rhoddodd Marie hanner dwsin o'r potiau mewn bag a'u rhoi yn nwylo Ricard. Safai Mireille yn waglaw a golwg braidd yn siomedig arni.

'Mireille, am i ti fy helpu mor dda dwi'n cadw'r potyn gorau i ti,' dywedodd Marie.

Goleuodd ei hwyneb wrth i Marie drosglwyddo'r potyn mêl yn ofalus i'r dwylo bach eiddgar.

'Ti bia hwn. Mi gei di wneud beth bynnag fynni di efo fo.'

7

Ffair haf Vannes

ROEDD CYNNAL SIOE amaethyddol adeg y rhyfel yn gofyn am drwbwl, yn ôl y ffermwyr. Byddai'r rhan fwyaf o'r amaethwyr yn cuddio cyfran helaeth o'r cynhaeaf, er mwyn rhoi cyn lleied â phosib i'r Almaenwyr. Ond holl bwrpas sioe amaethyddol oedd dangos cynnyrch gorau'r ardal a dathlu gwaith yr amaethwyr a byddai hynny'n anochel yn codi cwestiwn: sut fyddai modd dadlau bod y cynhaeaf wedi bod yn un cythreulig o sâl gyda'r fath arddangosfa o gynnyrch godidog?

Yn ffodus, ar wahân i ddau filwr a ddaeth i feddwi yn y babell gwrw, doedd yr un Almaenwr arall wedi dod ar gyfyl y sioe drwy'r dydd. Erbyn tri o'r gloch roedd hanner poblogaeth Vannes wedi crwydro'r stondinau cyn troi am adre. Cawsai'r sioe ei chanslo yn 1940 oherwydd y rhyfel ond heddiw roedd y torfeydd yn ôl unwaith eto a gwenai haul bendigedig arnynt oll. O edrych ar yr holl gynnyrch – y llysiau, yr anifeiliaid a'r blodau – hawdd fyddai tybio nad oedd Ffrainc o dan warchae o gwbl.

Roedd Mireille wedi arwain Jeanne a Serge yn frwdfrydig o gwmpas y stondinau. Gwisgai ffrog haf las a rhubanau pinc yn ei gwallt. Fwy nag unwaith roedd Serge wedi gorfod atgoffa Jeanne (yn ddiplomataidd) nad eu merch nhw oedd Mireille. Plentyn ar fenthyg oedd hi, a phlentyn a fyddai'n dychwelyd at ei rhieni ei hun ryw ddydd. Ond heddiw, gafaelai Jeanne yn ei llaw yn dynn, a hi oedd y fam anwylaf a'r fwyaf balch yn y sioe i gyd. Stopiodd y tri wrth stondin fach lle'r oedd mochyn glân pinc a du yn diogi mewn gwellt, ac yn gwisgo rosét mawr coch.

'Allwn ni gael un o'r rhain, Jeanne?' holodd Mireille wrth

benlinio a nôl gwelltyn i brocio pen-ôl yr anifail ar yr un pryd. Cododd y mochyn a rhuthro oddi wrthi.

Daeth perchennog balch y mochyn draw atynt, ei godi yn ei freichiau a'i droi i'w hwynebu fel petai'n blentyn bach.

'Mochyn Bayeux ydy hwn. Dyw e ddim ar werth ond mi allwch chi roi mwythau iddo.'

Gerllaw, roedd pabell fawr o gynfas gwyn a'i drws wedi'i gau i'r cyhoedd er mwyn i'r beirniaid fedru gwneud eu gwaith. Roedd y babell i'w gweld o bell a châi ei defnyddio'n flynyddol ers i'r sioe gael ei sefydlu ar ôl y Rhyfel Byd Cyntaf. Ynddi roedd y goreuon o blith cynnyrch amaethyddol yr ardal wedi'u gosod i'w harddangos yn daclus a glân, gyda rhif cystadlu swyddogol ar bob eitem. Mewn un gornel roedd y gwaith o feirniadu'r gystadleuaeth am y mêl gorau ar fin cychwyn. Ar y bwrdd yn y gornel roedd nifer o botiau mêl ac roedd yno ddyn gwallt gwyn a chanddo farf daclus yn edrych ar y potiau yn ofalus. Gwisgai siaced las smart ac arni rosét beirniad.

Cododd y dyn y potyn mêl cyntaf. Goleuodd dortsh, a'i ddal yn erbyn y gwydr er mwyn gyrru golau drwyddo. Edrychodd yn hir a chraff ar yr hylif. Er mai beirniadu mêl mewn sioe amaethyddol fach leol oedd ei dasg, canolbwyntiai fel petai'n wyddonydd byd-enwog mewn labordy. Fe aeth o'r naill botyn i'r llall, gan gymryd ei amser, yn sibrwd ambell air wrth y cynorthwyydd a safai wrth ei ochr yn cymryd nodiadau.

Mélanie oedd y cynorthwyydd, menyw ganol oed a chymwynasgar yr olwg, yn gwisgo siwt lwyd drwsiadus, ac roedd ganddi wyneb del, er ei bod yn edrych braidd yn ddihyder. Roedd hithau hefyd wedi bod yn edrych dros ysgwydd y beirniad ar y mêl ond arhosai'n dawel heb ddweud gair. Doedd fiw iddi gynnig ei barn rhag drysu'r dyn, neu'n waeth na hynny, rhag iddi wneud ffŵl ohoni hi ei hun. Hwn oedd Albert Albain wedi'r cyfan, arbenigwr ac awdur llyfrau ar y pwnc – Brenin y Mêl i'r sawl oedd yn troi yn y cylchoedd hynny. Roedd Mélanie wedi plesio'r trefnwyr yn arw ar ôl llwyddo i berswadio'r hen fonheddwr o Rennes i feirniadu. Roedd hi'n hapus yng nghwmni tadol dynion hŷn. Heddiw, roedd hi yn ei helfen wrth ei ddilyn o gwmpas y sioe, yn edmygu ei farn gadarn a'i hyder.

Wrth godi'r potiau a sgleinio'r golau drwyddynt roedd Albert yn chwilio am berffeithrwydd. Roedd ei lygaid barcud yn chwilio am y briwsionyn lleiaf o amhurdeb, am y blewyn lleiaf neu ddarn bach o ddefnydd a syrthiasai o'r lliain yn ystod y broses chwistrellu.

Ar ôl cwblhau'r broses gyntaf roedd Albert wedi dewis tri o'r goreuon. Nododd Mélanie y rhifau'n ofalus – 12, 20 a 33. Dim ond y goreuon gâi fynd ymlaen i'r sialens nesaf, sef y blasu. Tynnodd Mélanie gaeadau'r potiau a symud o'r neilltu er mwyn gwneud lle i Albert ddod i'w harogli, un ar ôl y llall. Llenwodd ei ffroenau â'r arogl. Yr arogl ysgafnaf oedd orau ganddo. Yna tynnodd Albert lwy flasu o'i boced a'i glanhau mewn hances.

'Reit, y prawf olaf,' meddai'n bwysig, gan suddo ei lwy i'r potyn cyntaf yn araf ac edrych yn ddireidus ar Mélanie gan beri iddi chwerthin yn blentynnaidd.

Bwriad Albert oedd gwobrwyo'r mêl a doddai orau yn ei geg. Ar ôl hanner can mlynedd o fyw ym myd y gwenyn, yn blasu ac yn derbyn ambell bigiad am yn ail, doedd gan neb arall well llygad na thafod na'r gwron hwn. Y prawf olaf oedd profi dwyster y mêl. Suddodd ei lwy flasu i botyn rhif 12 a chwyno ei fod yn rhy denau. Gwnaeth Mélanie nodyn. Roedd rhif 20 yn rhy drwchus. Gwnaeth Mélanie nodyn arall.

Daeth Albert at yr olaf, rhif 33. Ar ôl gwahodd Mélanie i ddod yn nes ato suddodd ei lwy flasu i mewn i'r mêl yn araf cyn ei chodi allan. Llifodd y mêl yn berffaith a chlir yn ôl i'r potyn.

'C'est fantastique,' dywedodd Albert wrth syllu i fyw ei llygaid yn ddigon hir i yrru gwefr fach drwyddi.

Roedd y ddau'n rhy brysur i sylwi ar y dorf yn dod yn ôl i mewn i weld canlyniadau'r beirniadu ac i gasglu eu cynnyrch a'u gwobrwyon. Yn eu plith roedd Hermann o'r SS. Roedd Hermann yno i geisio dal pobl yn gwerthu nwyddau ar y farchnad ddu. Clywodd gynffon eu sgwrs.

'*C'est fantastique* yn wir?' gofynnodd wrth gymryd y potyn mêl oddi ar Albert. 'Tortsh,' gorchmynnodd Hermann gan glicio'i fysedd a phwyntio at y tortsh ar y bwrdd gan ddisgwyl i Albert ei estyn iddo. Styfnigodd Albert mewn protest dawel yn erbyn ymyrraeth yr Almaenwr a bu'n rhaid i Mélanie basio'r tortsh iddo. Sgleiniodd Hermann y golau drwy'r hylif am rai eiliadau.

'Perffaith. Pwy sy'n berchen ar hwn?' gofynnodd wrth suddo ei fys a rhoi tipyn go lew yn ei geg cyn nodio'n werthfawrogol.

''Dan ni ddim yn gwybod. Mae'r cystadleuydd yn anhysbys,' atebodd Mélanie.

'Mae'n rhaid eich bod chi'n gwybod,' dywedodd yn swta. 'Rhowch eich ffeil i mi.'

Estynnodd Mélanie ei ffeil ac aeth Hermann i bori ynddi'n fanwl cyn ei phasio'n ôl iddi. Roedd hi'n amlwg oddi wrth y siom ar ei wyneb fod Hermann yn awyddus iawn i gael gafael ar y perchennog er mwyn meddiannu gweddill y mêl.

'Reit. Gan nad yw'r ffeil yn rhoi'r enwau, mi arhoswn ni'n tri yma nes bod yr enillydd yn hawlio'i wobr,' dywedodd Hermann yn hyderus.

Eisteddodd y tri ar gadeiriau pren simsan ac aros. Edrychodd Albert i gyfeiriad Mélanie a rhowlio'i lygaid. Er nad oedd enwau ar y potiau roedd o'n gwybod yn iawn pwy oedd perchennog pot rhif 33. Roedd gwenyn Amos yn destun edmygedd a chenfigen ym myd y mêl ers blynyddoedd lawer. Trwy gydol misoedd tyner y gwanwyn a misoedd cynnes yr haf roedd ei wenyn wedi gweu eu patrymau hudol ymysg y blodau unwaith eto. Y dirgelwch eleni oedd fod y mêl wedi ymddangos o gwbl. Roedd Albert yn siŵr iddo glywed bod Amos wedi dianc i Brydain cyn i'r Almaenwyr gyrraedd Llydaw.

Codai Hermann ei obeithion bob tro y deuai rhywun i gasglu un o'r potiau mêl o'r bwrdd ond cafodd ei siomi dro ar ôl tro. Ar ôl awr o aros, dim ond rhif 33 oedd heb ei gasglu. Dechreuodd gwres y babell ddweud arno, ac yntau yn ei lifrai milwrol trwm. Aeth i nôl hances fawr wen o'i boced a sychu ei wyneb coch.

'Mae'n rhaid eich bod chi'n cofio rhywbeth am y perchennog,' holodd yn ddiamynedd.

Cyn i Mélanie agor ei cheg i ateb rhedodd Mireille drwy ddrws y babell a Jeanne wrth ei chynffon. Syllodd y tri arni'n gegagored wrth iddi gipio'r potyn mêl o'r bwrdd a gweiddi'n uchel,

'Jeanne, edrych. Gwobr gyntaf!'

Daeth Jeanne i sefyll wrth ei hochr a'i hwyneb yn llawn gwên ond buan y diflannodd y wên honno ar ôl gweld y milwr yn codi o'r gadair gerllaw. Cerddodd Hermann draw ati a chlapiodd ei ddwylo a'u rhwbio'n orfoleddus fel petai'n dathlu.

'Da iawn. Beth yw enw'r pencampwr bach yma?'

'Mireille Dorland,' atebodd Mireille ond roedd ganddi fwy o ddiddordeb yn y tocyn coch gyda 'Le premier prix' arno nag oedd ganddi mewn siarad â'r dyn.

'Mireille Dorland. Enw hyfryd iawn.'

Daeth Jeanne atynt a chododd y ferch i ddiogelwch ei breichiau.

'Ydw i'n eich adnabod chi?' gofynnodd Hermann.

'Café Rouge,' atebodd Jeanne yn dawel.

'A... ie, wrth gwrs. Y bwyd gorau yn Vannes. A heddiw... y mêl gorau yn Vannes hefyd,' meddai gan edrych i gyfeiriad y beirniad y tu ôl iddo.

'Alla i weld potyn mêl Mireille Dorland?' gofynnodd Hermann ac ymestyn ei law.

Tynnodd Mireille y potyn yn agosach ati ac edrych yn ddrwgdybus arno.

'Dim problem.' Tynnodd Hermann ei law yn ôl. Roedd hi'n

amlwg nad oedd yn gyfarwydd â thrin plant. 'Dwi'n siŵr y bydd digon o gyfle i'ch llongyfarch chi eto. Mi fyddaf mewn cysylltiad,' meddai cyn ffarwelio.

Tynnodd Mireille y caead oddi ar y mêl a suddo'i bys i mewn i'r hylif aur. 'Dwi ddim am rannu fy mêl â neb arall,' meddai.

Chwarddodd Albert yn uchel a gwenodd Jeanne. Roedd y rhyddhad o weld yr Almaenwr yn diflannu o'r golwg yn amlwg i bawb.

'Dos di i ddangos dy wobr i Serge. Dwi am ddiolch i'r beirniad,' dywedodd Jeanne wrth osod Mireille yn ôl ar y llawr.

'Haeddiannol iawn. Y gorau o bell ffordd,' meddai Albert wrth gadw ei offer mewn bag. 'Y gorau i mi ei weld ers amser maith. Y gorau erioed efallai?' dywedodd dan wenu. Caeodd ei fag ac edrych fel meddyg prysur oedd newydd orffen rhoi ymgeledd i glaf ac yn awyddus i symud ymlaen at y nesaf.

'Diolch, ond mae'n rhaid i chi wybod rhywbeth,' meddai Jeanne. 'Mae Mireille wedi bod yn cario'r potyn mêl i bob man fel trysor. Nid ni sydd wedi cynhyrchu'r mêl yma. Ar funud wan mi gytunon ni y bydde hi'n cael cystadlu… Does gynnon ni ddim cychod gwenyn, 'dach chi'n gweld.'

Gwrandawodd Albert yn dawel. Safodd o'i blaen gyda'i fag yn ei law yn barod i fynd.

'Does dim rhaid i chi egluro. Dwi'n gwybod yn iawn pwy yw cynhyrchydd y mêl. Ond mi gadwn ni hynny'n dawel. Does dim angen gwneud ffŵs… Cyfrinach,' meddai Albert gan gynnig ei fraich i'w gynorthwyydd parod, Mélanie.

8
Paris

A R FORE CYNNES ym Mharis cerddodd Georges ar hyd y Boulevard de Rochechouart ac i lawr y grisiau i orsaf Métro Barbès-Rochechouart gyda gwn yn ei boced. Roedd Georges wedi dewis yr orsaf honno'n fwriadol oherwydd bod cerbydau dosbarth cyntaf y trenau y teithiai'r Almaenwyr ynddynt yn aros yn gyfleus gyferbyn â'r grisiau. Wyth o'r gloch y bore oedd hi ac felly'n gyfnod prysur iawn, yr amser gorau i sleifio yno a dianc i ganol dryswch a chynnwrf y dorf ar ôl iddo gyflawni ei ddyletswydd.

Aeth i sefyll y tu ôl i ddyn tal yng ngwisg Llynges yr Almaen a chyrhaeddodd y trên, gan aros o'u blaenau. Dechreuodd y drysau agor. Cyn camu ar y trên cynigiodd yr Almaenwr, fel gŵr bonheddig, i ddynes esgyn arno o'i flaen. Byddai'r oedi hwnnw a'i garedigrwydd yn costio'n ddrud iddo. Symudodd Georges yn nes ato, tynnu ei wn o'i boced, ei ddal fodfeddi o gefn y morwr a'i saethu ddwywaith. Roedd wedi marw cyn iddo daro'r llawr. Sgrechiodd ambell un a dechreuodd pawb redeg i bob cyfeiriad. Cerddodd Georges yn gyflym oddi yno, dringo'r grisiau a mynd allan i haul y bore gan adael sŵn a dryswch y dorf yn atseinio y tu ôl iddo.

Cerddodd ar hyd y Boulevard de Rochechouart heb edrych yn ôl. Ar ôl canllath taflodd gip sydyn dros ei ysgwydd ond doedd neb yn ei ddilyn. Arafodd er mwyn tanio sigarét i dawelu ei nerfau. Roedd ei ddwylo'n crynu. Tynnodd yn galed arni cyn chwythu'r mwg allan mewn cwmwl o ryddhad. Roedd y weithred wedi'i chyflawni, ond gyda'r rhyddhad daeth emosiwn annisgwyl i'w oresgyn. Er bod popeth wedi'i gyflawni yn ôl y drefn roedd un peth wedi aros ar ei feddwl. Doedd o ddim yn disgwyl galaru dros y dyn a laddodd. Y gelyn roedd o wedi'i ladd, wedi'r cyfan.

Ond roedd lladd dyn mewn gwaed oer yn wahanol. Câi hyd yn oed y llofrudd gwaethaf ar y grocbren gyfle i gymodi â'i dduw, ysgrifennu nodyn i ffarwelio neu smocio ei sigarét olaf. Ond ni chafodd y milwr hwn unrhyw gyfle. Na, doedd Georges ddim yn dathlu. Doedd lladd yn y fath fodd ddim yn dod yn naturiol iddo ond efallai y deuai'n haws y tro nesaf, meddyliodd, wrth droi am adre.

9

Paris, dridiau wedi'r ymosodiad

DEFFRÔDD LUC YN dioddef o gur pen ar ôl noson fawr ar yr absinth. Roedd rhywun yn dyrnu ar ddrws y tŷ. Agorodd Luc un llygad ac edrych ar ei oriawr. Hanner awr wedi chwech… ar fore Sul! Rhegodd. Yn gorwedd wrth ei ochr yn y gwely roedd merch ifanc yn cysgu'n sownd. Doedd o'n cofio dim amdani, er bod ganddo ryw gof o'i chyfarfod mewn caffi ar y Rue d'Amsterdam yn hwyr y noson cynt. Gwisgodd ei drowsus a cherdded i lawr y grisiau.

'Pwy sy 'na?' gwaeddodd ar ôl cyrraedd y drws.

'Fi!'

Daeth llais Pierre Orange, perchennog y winllan, drwy'r blwch llythyrau.

'Be sy? Gobeithio bod gen ti reswm da dros ddod yma mor gynnar ar fore Sul,' gwaeddodd Luc yn ôl.

'Mae gen i newyddion am dy rieni. Agor y drws.'

Agorodd Luc y follt a gwthiodd Pierre heibio iddo fel bachgen bach yn rasio am y tŷ bach. Daeth menyw ychydig yn hŷn na Pierre i mewn ar ei ôl, a golwg flinedig arni.

'Luc, dyma fy chwaer, Cécile. Mae hi'n gweithio fel glanhawraig yng ngharchar La Santé ac wedi clywed y swyddogion yn sôn am dy dad a dy fam. Yno mae dy rieni, Luc. Cécile… dwed beth glywest ti.'

Doedd llais Cécile ddim mor frwdfrydig ag un ei brawd. 'Mi glywais i enwau'n cael eu darllen yn uchel ac enw Gustave Dorland yn eu plith.'

'Welsoch chi nhw? Sut maen nhw?' gofynnodd Luc.

'Dyna'r peth, Luc. Dyw'r newyddion ddim yn dda. Mae'r Résistance wedi saethu Almaenwr yng ngorsaf Métro Barbès ac mae Hitler ei hun wedi ymyrryd a mynnu bod yn rhaid talu'r pwyth yn ôl a saethu carcharorion. Mae'n ddrwg gen i, Luc, ond mae enw eich tad yn eu plith.'

Caeodd Luc ei lygaid yn dynn am eiliadau hir. Teimlai ei ddwrn yn cau'n dynnach.

'Pryd?' gofynnodd Luc.

'Yfory,' atebodd Cécile yn dawel.

'Fedrwch chi fy nghael i i mewn i'r carchar?' gofynnodd.

'Mae hynny'n amhosib.'

Aeth Cécile i nôl hances o'i phoced er mwyn sychu ei dagrau. 'Dwi'n teimlo mor ofnadwy am na alla i wneud dim i'ch helpu. Dim ond dod yma i ddwyn newyddion drwg i chi.'

Rhoddodd Luc ei fraich amdani a'i harwain i'r gegin. 'Mi gawn ni baned o goffi a sgwrs. Sut le yw carchar La Santé?'

'Glanhau ystafelloedd yr heddlu ydw i – dwi ddim yn mynd yn agos at y carcharorion. Ond o'r hyn dwi wedi'i glywed mae'r celloedd yn dywyll ac yn oer. Bydd yr heddlu'n curo'r carcharorion gyda'r esgus lleiaf. Druan o dy rieni.'

Ysgydwodd Cécile ei phen a sychu'i dagrau yr un pryd.

'Y peth cywilyddus am hyn i gyd yw mai Ffrancwyr sy'n rheoli'r lle. Ein pobol ni ein hunain. Heddweision fel Lucien Rottée sydd o dan fawd yr Almaenwyr – y bradwr,' dywedodd Pierre.

'Ie, mae Pierre yn iawn,' ychwanegodd ei chwaer. 'Mae o'n byw fel brenin bach ac yn cadw meistres.'

Ac yntau wedi byw bywyd dosbarth canol digon cyffredin, roedd yr arian newydd a dderbyniai Lucien Rottée a'i deulu wedi ymddangos yn annisgwyl. Ond nid y codiad cyflog ar ôl dyrchafiad swydd oedd yr unig reswm y tu ôl i'r cyfoeth newydd ond y ffaith iddo ddwyn diemwntiau a chyfoeth oddi ar deuluoedd Iddewig wrth iddynt gael eu herlid gan yr Almaenwyr.

Yn ôl Cécile roedd Isabelle, meistres ifanc a hardd Lucien Rottée, yn cael ei chadw fel tywysoges a châi ei gweld yn siop a bwyty'r bonheddwyr, Le Bon Marché, bron bob dydd.

'Mae hi'n ifanc, a chanddi gorff gosgeiddig fel balerina. Caiff drin ei gwallt neu ei chroen yn y bore a bydd yn yfed siampên yn y bwyty gyda'i ffrindiau newydd drwy'r prynhawn.'

10
Le Bon Marché

A ETH LUC I'W ystafell wely i baratoi. Diystyrodd y ferch oedd yn cysgu'n belen yn ei wely. Cydiodd mewn potelaid o Hennessy, llenwodd wydryn a'i yfed ar ei ben yn y gobaith y rhoddai nerth iddo. Aeth draw at ei gwpwrdd dillad ac estyn ei siwt frown a'i siwt las tywyll ynghyd â sawl tei, a'u gosod ar y gwely.

Y siwt frown a'r tei patrwm *paisley* oedd yn gweddu orau ac ar ôl eu gwisgo gosododd hances sidan wen ym mhoced flaen ei siaced. Agorodd ddrôr a nôl dyrnaid o bapurau can ffranc a'u rhoi yn ei boced. Doedd arian ddim yn brin ers gwerthu'r gwin.

Cyn ymadael, allan o ddrôr arall, tynnodd bistol Webley MkVI a'i lwytho, cyn ei gau a'i roi o'r golwg ym mhoced chwith ei siaced. Yna, sythodd ei dei yn y drych.

*

Gyrrodd Pierre at siop Le Bon Marché. Rhag iddo ddod ar draws ei bartner busnes achlysurol, Victor y perchennog, cerddodd Luc heibio i ddrysau mawr Le Bon Marché a throi i gefn y siop ac at fynedfa'r nwyddau. Gwisgai het frown a honno'n gweddu i'r dim i'w siwt. Yng nghefn yr adeilad roedd dynion wrthi'n gwagio nwyddau o gefn lorri fawr cyn eu cludo i mewn i'r siop. Cerddodd Luc heibio iddynt ac i mewn i'r adeilad yn hyderus gan wenu a chyffwrdd ei het fel petai ar berwyl swyddogol.

Cynllun Luc oedd mynd i'r bwyty ar yr ail lawr lle gobeithiai weld Isabelle yn ciniawa. Trwy lwc aeth un o'r staff heibio yn cario bocs o win ac fe aeth Luc ar ei ôl gan gymryd y byddai'n anelu am y ceginau. Sleifiodd i mewn i fwrlwm y gegin drwy ddilyn y cariwr gwin. Roedd y cogyddion yn rhy brysur yn gweiddi ar draws ei gilydd i sylwi ar Luc yn mynd i mewn ac yn cymryd afal coch o fasged. Roedd peiriant plicio tatws yn tic-tacian yn brysur mewn un gornel ac yn y gornel arall roedd un o'r cogyddion yn paratoi tomen o salad. Aeth Luc at gogydd oedd yn blasu cawl mewn crochan copr enfawr.

'Dwi ar goll, wedi cymryd y troad anghywir,' meddai. 'Ble mae'r bwyty?'

Pwyntiodd y cogydd i gyfeiriad un o'r drysau yng nghornel bellaf y gegin a diolchodd Luc iddo. Ar ei ffordd i mewn i'r bwyty, bu bron i Luc daro yn erbyn un o'r staff gweini. Roedd y lle'n fôr o fyrddau taclus, a chwaraeai cerddorfa fach ar lwyfan, ei nodau clasurol yn cario i bob cornel o'r ystafell. Dyma'r tro cyntaf iddo ddod i'r siop fel cwsmer gan mai gwerthu nwyddau neu ddwyn waled neu ddwy fyddai ei reswm dros ymweld fel arfer.

Ar y byrddau roedd gwydrau gwin a chyllyll a ffyrc arian yn gweddu'n berffaith i'r llestri crand. Derw tywyll oedd waliau'r ystafell, a'r ffenestri uchel yn cynnig golygfa odidog dros y Rue de Sèvres islaw. Daeth gweinyddes a chanddi wyneb hir fel ceffyl draw ato i'w wasanaethu.

'Bwrdd i un?'

Sylwodd Luc fod y byrddau gorau o flaen y gerddorfa wedi'u cadw a'r arwydd *Réservé* arnynt.

'Oes modd cael un o'r byrddau wrth y gerddorfa?' holodd Luc a sleifio papur ugain ffranc i'w law.

Ar ôl eistedd edrychodd Luc o'i gwmpas a sylwodd ar ddau filwr arfog wrth y drws. Roedd y ddau ar ddyletswydd, yn atal pawb ac yn archwilio eu dillad a'u bagiau cyn caniatáu iddynt ddod i mewn. Cododd Luc fwydlen a'i dal o flaen ei wyneb rhag i'r milwyr ei weld a sylweddoli nad oedd wedi cael ei archwilio fel pawb arall.

Ar ôl tri chwarter awr ac wedi yfed hanner potelaid o win, roedd Luc yn dechrau anobeithio gan nad oedd sôn am fenyw hardd a edrychai fel balerina. Taniodd sigarét a chwythu'r mwg uwch ei ben. Roedd ar fin codi a mynd pan welodd griw go swnllyd yn dod i mewn i'r bwyty ar yr un pryd. Y rhain oedd wedi archebu'r byrddau ac yn ôl eu golwg a'u sŵn roeddent wedi bod yn yfed yn go drwm yn barod. Eisteddodd y criw wrth y bwrdd o flaen Luc. Yn eu plith roedd menyw oddeutu deg ar hugain oed a chanddi wallt byr du, gwddf hir, croen gwelw a chorff gosgeiddig dawnswraig. Isabelle, meddyliodd Luc.

Yn eistedd nesaf ati roedd yr Almaenwr Reinhard Heydrich, Pennaeth y Gestapo. Ychydig a wyddai Luc fod Heydrich wedi ymweld â'r Café Rouge, cartref newydd ei chwaer fach yn Llydaw. Roedd gan Heydrich sawl sigâr yn ei law ac fe ddechreuodd roi darlith i'w ffrindiau am hanes sigâr o Giwba. Cymerodd Isabelle un ganddo ac edrych o'i chwmpas am dân. Gwelodd gwmwl o fwg yn codi o gyfeiriad Luc.

'Peek-a-boo, Monsieur, oes gynnoch chi dân?' gofynnodd mewn llais meddw.

Aeth Luc i'w boced, estyn leitar a'i danio mewn un symudiad.

'Slic iawn,' meddai hithau wrth sugno'r sigâr.

Edrychodd yn graff ar wyneb Luc am sawl eiliad ac yna rhedodd ei bys yn araf yr holl ffordd ar hyd y graith ar ei wyneb. 'Dwi'n hoff o greithiau.'

Cerddodd Isabelle yn ôl at Heydrich. Roedd yntau wedi sylwi bod dyn ifanc wedi dal sylw Isabelle ar fwrdd arall. Edrychodd Heydrich yn amheus arno gan y gwyddai nad oedd dynion ifanc Ffrainc fel arfer yn gallu fforddio prisiau'r bwyty crand. Ceisiodd ddal sylw ei filwyr wrth y drws ond cyn iddo lwyddo llithrodd Isabelle oddi ar ei chadair. Tynnodd y lliain bwrdd a gwneud llanast wrth i wydrau a phlatiau syrthio o'i chwmpas. Aeth Heydrich i'w helpu. Cododd Isabelle yn sigledig, sobrodd rywfaint ac ymddiheuro cyn gadael am yr ystafell ymolchi. Cynigiodd Heydrich ei hebrwng yno ond mynnai fod yn annibynnol. Cerddodd Isabelle yn araf i gyfeiriad yr ystafell ymolchi a daeth gweinyddes i glirio'r llestri. Archebodd Heydrich botelaid arall o win a gofyn am y bil yr un pryd.

Ar ôl cael pethau i drefn chwiliodd Heydrich am y dyn amheus unwaith eto ond roedd ei gadair yn wag a dim ond mwg ei sigarét oedd ar ôl. Edrychodd o gwmpas y bwyty ond doedd dim sôn amdano. Wedi i'r weinyddes ddod â'r gwin iddo, digwyddodd dau beth ar yr un pryd, er nad yn yr un lle. Roedd dau ddarn o bapur ar siwrne wahanol iawn i'w gilydd.

Bil am y cinio oedd un ohonynt ac fe gymerodd Heydrich hwnnw o law'r weinyddes gyda gwên am ei fod yn gofyn am lofnod yr Almaenwr. Aeth Heydrich i'w boced ac estyn pen inc aur gyda'i enw wedi'i naddu arno. Roedd ganddo gyfrif gyda'r bwyty. Ychwanegodd gildwrn sylweddol i'r cyfanswm a phasio'r papur yn ôl i'r weinyddes gan ddal i wenu.

*

A draw yng ngharchar La Santé cafodd darn o bapur ei roi yn llaw Gustave Dorland, ond doedd Gustave ddim yn gwenu wrth ei dderbyn. Ar y darn papur hwn byddai cyfle iddo ysgrifennu ei eiriau olaf. Yn yr ychydig olau oedd ar gael iddo o'r ffenest uwch ei ben ceisiodd Gustave ysgrifennu ei lythyr. Roedd ei law yn crynu a dim digon o fin ar y bensel fach i ffurfio'r geiriau yn iawn. Ar ôl sawl munud rhoddodd y gorau iddi ar ôl llwyddo i ysgrifennu dim ond ychydig eiriau.

Luc a Mireille,
Byddwch yn ddewr. Peidiwch â galaru amdanaf. Ewch ymlaen i fyw eich bywyd yn hapus gan chwifio baner ein gwlad drwy gydol eich oes.
Votre père.

*

Sefyll wrth y sinc yn yr ystafell ymolchi roedd Isabelle pan aeth Luc i mewn ar ei hôl.

'Damia'r gwin coch 'ma,' meddai hithau gan dybio mai menyw arall oedd yno.

Goleuodd wyneb Isabelle yn ddireidus ar ôl sylweddoli mai'r dyn ifanc golygus gyda'r graith ar ei foch oedd wedi'i dilyn.

'Be 'dach *chi*'n neud yn fan'ma?' holodd yn chwareus a chlosio ato gan feddwl bod Luc am ei chusanu.

Agorodd Luc ei siaced a dangos y gwn iddi. Llyncodd hithau ei hanadl yn gyflym. Rhoddodd Luc ei law dros ei cheg.

'Peidiwch â sgrechian. Gwnewch yn union fel dwi'n dweud a bydd popeth yn iawn.'

'Be 'dach chi eisiau?' sibrydodd gyda chryndod yn ei llais.

''Dan ni am fynd am dro, allan o'r siop. Cerddwch chi o 'mlaen i. Mi fydda i y tu ôl i chi bob cam.'

Cerddodd y ddau i lawr y grisiau mawr llydan. Roedd Isabelle wedi sobri digon i gerdded yn weddol daclus. Aethant drwy'r adran ddillad ac allan i'r stryd. Y tu allan i'r siop roedd Pierre Orange yn aros yn ei gar. Agorodd Luc y drws cefn iddi, camodd Isabelle i mewn a neidiodd Luc ar ei hôl.

*

Yn ddiamynedd bellach, roedd Lucien Rottée yn disgwyl i'w feistres ddychwelyd. Cerddodd ar draws yr ystafell unwaith eto ond y tro hwn dechreuodd amau ei bod hi wedi mynd ar un o'i hanturiaethau. Roedd wedi ffonio swyddfa'r Gestapo a siarad â Reinhard Heydrich ei hun. Dywedodd yntau wrtho fod Isabelle wedi gadael yn annisgwyl, heb ffarwelio â'i ffrindiau. Swynwyd Lucien gan ei phrydferthwch ond fe wyddai o'r cychwyn na fyddai hi'n feistres hawdd ei rheoli. Roedd ei gwendid am ddiod a'i natur chwareus yn goctel cryf, ac yn ei harwain ar ddisberod. Roedd yn disgwyl iddi ddod adre yn feddw ond yn hytrach na hynny fe ganodd y ffôn.

'O'r diwedd,' meddyliodd Rottée gan ddisgwyl clywed ei llais meddw yn llawn esgusion unwaith yn rhagor. Ond llais dyn oedd yno.

'Lucien Rottée?'

'Ie. Pwy sydd yna?' gofynnodd yn ddryslyd.

'Mae hi gynnon ni,' dywedodd y llais yn bwyllog.

Cochodd wyneb Rottée yn syth a dechreuodd weiddi'n ddrwg ei dymer, 'Pwy 'dach chi? Be 'dach chi eisiau? 'Dach chi'n gwybod beth yw'r gosb am hyn?'

Poerodd y geiriau allan yn fygythiol er mwyn dychryn y dyn. Ar ôl sawl eiliad o dawelwch siaradodd y dyn yn ei lais pwyllog unwaith eto.

'Ysgrifennwch yr enwau hyn.'

'Be 'dach chi eisiau? Arian?'

'Gwnewch yr hyn dwi'n ei ofyn neu welwch chi byth mohoni eto.'

Ar ôl sylweddoli bod gwir fygythiad y tu ôl i'r llais, ufuddhaodd Rottée.

'Beth ydw i i fod i'w ysgrifennu?'

'Gustave a Lucie Dorland. Carchar La Santé. Mae'n rhaid i chi drefnu eu bod yn cael eu rhyddhau yn syth. Rhowch fil ffranc iddyn nhw a gwarantu llwybr diogel i'r ddau i Sbaen. Ar ôl i mi glywed eu bod nhw'n saff mi gewch chi Isabelle yn ôl yn fyw. Ond os bydd un blewyn o'i le, mi fydd hi'n cael bwled. Deall?'

Fel heddwas profiadol roedd Rottée yn gallu creu darlun a darllen cymeriad drwy wrando ar lais yn unig. Daeth i'r casgliad fod y dyn yn benderfynol a bod ganddo reolaeth lwyr a digyfaddawd ar y sefyllfa.

'Yndw. Dwi'n deall. Ond sut y...?'

Clywodd glic y ffôn ac fe aeth y llinell yn farw cyn i Rottée gael cyfle i holi ymhellach. Roedd yn enwog am ei dymer ymhlith ei gyd-weithwyr. Gwasgodd y ffôn yn dynn yn ei law a'i daro'n galed nes ei chwalu'n deilchion ar y ddesg o'i flaen.

11
Y chwalfa

G AN NAD OEDD y lle wedi agor am y noson roedd yn rhaid i
Hermann gnocio'n go galed cyn cael ateb. Agorodd Jeanne
y drws iddo a sylwi'n syth ar fag lledr swyddogol yr olwg yn ei
law.

'Noswaith dda. Oes gynnoch chi funud yn sbâr?'

Gwisgai Hermann fenig, het feddal yr SS, a chôt ledr ddu
dros ei wisg lwyd. Ar ôl ei wahodd i eistedd aeth Jeanne i nôl
jwg o ddŵr a gwydrau o'r bar. Wrth iddi lenwi'r jwg tynnodd
Hermann ei het a'i fenig cyn estyn papur o'i fag a'i osod ar y
bwrdd o'i flaen. Aeth i'w siaced i nôl pìn a photyn o inc. Plannodd
y pìn yn yr inc a'i lenwi'n ofalus cyn ei osod wrth y papur yn
barod i'w ddefnyddio. Gosododd Jeanne y dŵr ar y bwrdd.
Roedd paratoadau ffurfiol Hermann wedi'i hanesmwytho.
Llowciodd Hermann ei ddiod yn syth cyn dechrau egluro
pwrpas ei ymweliad.

'Madame Augustin.'

'Jeanne,' awgrymodd hithau i geisio ysgafnhau ychydig ar y
ffurfioldeb.

'Diolch... Jeanne,' meddai'n gwrtais fel petai'n fraint cael
defnyddio ei henw cyntaf.

'Jeanne, mae arna i angen eich cymorth. Fel rhan o fy swydd
dwi'n cadw rhestr gyfredol o bawb sy'n byw yn Vannes. Dim
byd i chi boeni amdano, ffurfioldeb yn unig. Mae gen i swydd go
anniddorol weithiau...' Er gwaethaf ei gŵyn edrychai Hermann
fel dyn yn ei elfen.

Yfai Jeanne ei diod yn dawel, gan edrych yn amheus ar y papur
swyddogol. Cododd Hermann ei ben inc yn barod i gofnodi.

'Felly, pwy yn union sy'n byw yma? Ar wahân i chi a'ch gŵr?'

'Ricard Baudoin.'

'A, wrth gwrs, y cerddor,' meddai Hermann cyn mynd ati i ysgrifennu ei enw.

'Dyn talentog a gweithgar, dwi'n siŵr. Does dim digon o le ar y papur i gofnodi ei dalentau,' dywedodd Hermann gyda gwên.

Gwenodd Jeanne yn ôl yn gwrtais... roedd Hermann wedi ceisio gwneud jôc wedi'r cyfan.

'A'r olaf yw'r ferch fach... pencampwr y mêl, wrth gwrs!'

'Ie. Mireille.'

'Cyfenw?'

'Augustin. Fel ni,' ychwanegodd Jeanne yn dawel.

Arhosodd ei law yn llonydd uwchben y papur. Yna rhoddodd Hermann y caead yn ôl ar y pìn inc a'i osod i lawr. Edrychodd arni ac fe geisiodd hithau edrych yn ôl heb ddangos arwydd o'r celwydd roedd hi newydd ei ddweud.

'Helpwch fi fan hyn, Jeanne. Dwi'n cofio, yn ôl wrth y stondin fêl yn y sioe, iddi ddweud mai ei henw oedd Mireille Dorland.'

'Ie, ond mae Serge a finnau'n gobeithio ei mabwysiadu, felly Augustin fydd ei henw... cyn bo hir.'

'A, 'dach chi'n gweld, 'dan ni'r Almaenwyr yn ofnadwy am fanylion. 'Dan ni angen gwybod yr enw cywir, cyfredol bob tro. Oes modd gweld ei phapurau?'

'Oes. Arhoswch, mi af i chwilio.'

Aeth Jeanne i fyny'r grisiau at Serge a Ricard a dechrau chwilio am y papurau a'i hwyneb yn welw fel coban nos.

'Pwylla, Jeanne,' meddai Serge, yn hanner cysgu ar ôl cael nap prynhawn.

'Mae'r SS yma, yn holi am Mireille. Ricard, dos â hi i rywle saff. Dos allan drwy'r drws cefn.'

*

Aeth Hermann i'w boced ac estyn sbectol cyn agor papurau Mireille a'u gosod ar y ddesg.

'Dyna ni. Mireille Dorland. O Baris, dwi'n gweld,' meddai wrth ysgrifennu. Ar ôl cofnodi edrychodd Hermann o'i gwmpas fel petai'n meddwl yn ddwys. 'Dorland... Dorland,' meddai o dan ei wynt fel petai'n meddwl. Aeth i'w fag ac estyn papur ac arno res hir o enwau. Aeth bys Hermann i lawr y rhestr. 'Dorland, Dorland,' meddai eto.

'A, dyma ni. Gustave Dorland, a'i wraig Lucie.'

Tynnodd ei sbectol, pwyso'n ôl yn ei gadair ac edrych arni'n hir cyn siarad.

'Mae merch Gustave Dorland yma gyda chi?'

Croesodd Hermann ei freichiau a gwenu, fel petai'n dathlu bod ei reddf wedi talu ar ei chanfed unwaith eto.

'Dwi ddim yn adnabod ei rhieni,' esboniodd Jeanne. 'Dwi erioed wedi'u cyfarfod nhw. Ffrind ofynnodd i ni ei gwarchod, gyda'r bwriad o'i... mabwysiadu falle, ymhen amser.'

'Mabwysiadu? Ond mae'n rhaid cael caniatâd y rhieni cyn mabwysiadu.'

'Oes, mae'n debyg. Ond, a bod yn onest, meddwl oeddan ni mai yma fyddai'r lle gorau iddi... erbyn hyn – o gofio beth sydd wedi digwydd iddyn nhw fel teulu.'

Syrthiodd distawrwydd anesmwyth rhyngddynt. Roedd Hermann yn meddwl, ac yn mwynhau ei sigarét yr un pryd.

'Na, 'dach chi'n gweld, mae Gustave Dorland a'i wraig yn droseddwyr, ac yn waeth na hynny maen nhw wedi llwyddo i ddianc o'r carchar. Ydyn nhw wedi bod mewn cysylltiad?' Gwyliodd Hermann ei hwyneb yn ofalus am unrhyw ymateb.

'Na, dim o gwbl.'

'Cofiwch ei bod hi'n ferch i ddyn peryglus iawn sydd yn elyn i'r Drydedd Reich ac i Ffrainc.'

'Ond mae Mireille yn hollol ddiniwed,' protestiodd Jeanne.

'Ydy, wrth gwrs ei bod hi. Ond yn anffodus, y diniwed sy'n gorfod talu'r pris yn y diwedd.'

Daeth sŵn hisian y sigarét wrth iddo'i chwalu i waelodion y gwydraid o ddŵr o'i flaen. Dechreuodd Hermann gadw ei bapurau.

'Be 'dach chi'n feddwl "talu'r pris yn y diwedd"?'

'Wel, Jeanne, 'dach chi wedi edrych ar ei hôl hi'n fendigedig, mae hynny'n amlwg. Ond mi edrychwn ni ar ei hôl hi'n awr. Mi gaiff hi aros yn ein gofal ni… hyd nes y bydd ei thad yn gweld synnwyr ac yn dod allan o'i guddfan.'

Gwenodd Hermann wrth godi i adael. Arhosodd Jeanne yn ei hunfan, ei hwyneb wedi'i rewi gan sioc.

'I ble 'dach chi am fynd â hi?' gofynnodd.

'I Baris. Mi gaiff hi fynd i'r carchar yn lle ei rhieni. Yn anffodus mae'r lle'n hollol anaddas i blant, ond dyna ni, mi gaiff hi wynebu'r gosb ar ran ei rhieni,' meddai Hermann wedi iddo godi ei fag a sefyll yn syth a thaclus o'i blaen, fel dyn oedd wedi gwneud ei waith ac ar fynd.

'Mae'n rhaid i chi ailystyried,' meddai Jeanne yn llawn dagrau. 'Ro'n i wedi clywed mai'r gosb i blant troseddwyr fyddai cael eu hanfon i ysgolion preswyl, nid i garchar.'

'Fel arfer, ie, 'dach chi'n iawn, ond mae'r rheolau'n fwy hyblyg na hynny, felly mi fydd yn rhaid iddi ddod efo ni, yn anffodus.'

Gwisgodd Hermann ei fenig a'i het ac edrych o'i gwmpas fel petai'n disgwyl i Jeanne ufuddhau a nôl Mireille er mwyn iddo fedru mynd â hi.

'Felly, Madame Augustin, ble mae hi? Dwi'n cymryd nad oes ganddi lawer o bethau i'w pacio.'

'Na, does ganddi fawr ddim,' dywedodd Jeanne.

Sylwodd Hermann fod wyneb Jeanne wedi troi'n welw ac aeth i estyn y jwg.

'Dŵr?' awgrymodd gan arllwys gwydraid iddi.

Diystyrodd Jeanne ei gynnig. 'Dwi'n fodlon mynd yn ei lle hi.'

Daeth hanner gwên i wyneb Hermann. 'Dewch, dewch, does dim angen ichi wneud hynny. Nid eich brwydr chi yw hon. Mi fydd y ferch yn iawn, cyhyd â bod ei rhieni yn… gweld rheswm.' Edrychodd Hermann ar ei oriawr yn ddiamynedd. 'Mae gen i apwyntiad pwysig yn Nantes gyda Reinhard Heydrich mewn awr a hanner. Dyn pwysig, fel y gwyddoch chi. Felly rydw i ar dipyn o frys.'

'Ond mae hi allan gyda Ricard. Fydd hi ddim yn ôl tan yn hwyr heno,' atebodd Jeanne yn swta.

Edrychodd Hermann ar ei oriawr am yr eildro.

'Reit. Wel, mae hi'n ofynnol i un ohonoch chi ddod gyda mi felly. Ac mi ddown ni'n ôl yn y car yfory am hanner dydd i gasglu Mireille. Chi neu'ch gŵr fyddai orau, dwi'n awgrymu.'

Sychodd Jeanne ddeigryn o'i boch a chodi o'i chadair cyn gweiddi o waelod y grisiau, 'Serge!'

12
Y celwydd

ROEDD RICARD WEDI gadael Mireille yn nhŷ Marie ac aeth Serge gyda Hermann yn wystl, i'w ddal yn Nantes o dan ofal yr SS. Roedd Jeanne wedi cau'r caffi a galw cyfarfod. Ar ôl egluro popeth aeth yr ystafell yn fud. Mewn tawelwch o gwmpas y bwrdd eisteddai Jeanne, Ricard, Michel, a Jean y cogydd o'r Café LeGrand. Daeth cawod annisgwyl o law i guro ar y ffenest.

'Cyn i'r un ohonoch chi gynnig aberthu eich hun,' meddai Jeanne, 'dwi *wedi* gwneud hynny'n barod ond does dim diddordeb gan Hermann. Mae o'n mynnu mynd â Mireille. Dyna'r ffordd maen nhw'n gweithio.'

'Gall hi ddianc ar y cwch heno. Mi fyddai yn Lloegr erbyn y bore,' awgrymodd Michel, er y gwyddai nad oedd hynny'n opsiwn mewn gwirionedd gan y byddai'r Almaenwyr yn dienyddio Serge fel cosb.

Roedd annhegwch y sefyllfa'n ormod iddi ac aeth Jeanne allan yn ei dagrau i sefyll ar ei phen ei hun yn y glaw. Ar ôl ychydig funudau aeth Ricard i sefyll wrth ei hochr. Roedd hi'n edrych tua'r cymylau a'i llygaid ar gau wrth i'r glaw lifo i lawr.

'Ti'n socian,' meddai Ricard yn dawel wrthi.

'Dwi'n gwybod. Mi o'n i'n arfer bod wrth fy modd â glaw yr haf. Pan o'n i'n ferch fach mi fyddwn i'n aros ynddo tan 'mod i'n socian at fy nghroen a thrwy fy esgidiau. Diniweidrwydd plentyn, Ricard. Mae'r syniad o'r ferch ddiniwed yna'n mynd i garchar yn fy mrifo i gymaint. Duw a ŵyr beth fydd ei hanes hi wedyn.'

Gafaelodd Ricard yn ei llaw yn dyner a'i harwain yn ôl i ddistawrwydd yr ystafell.

'Oes gan rywun unrhyw awgrym neu syniad?' gofynnodd Ricard mewn ymgais i geisio sbarduno'r criw.

'I ble'r oedd Hermann yn mynd ar ôl dy gyfarfod di?' gofynnodd Jean y cogydd.

'Mi soniodd o rywbeth am fynd ar frys i gyfarfod Reinhard Heydrich yn Nantes. Diolch byth, mewn ffordd, neu mi fasa fo wedi mynd i chwilio am Mireille ac wedi mynd â hi o 'ma heddiw.'

Edrychodd Michel arni'n gam fel petai hi wedi dweud rhywbeth nad oedd yn gwneud synnwyr iddo.

'Ond dyw Reinhard Heydrich ddim yn Nantes heddiw,' dywedodd. 'Mae o, a gweddill nadroedd Hitler, mewn cyfarfod mawr gyda Benito Mussolini yn Krosno.'

'Sut gwyddost ti hynny?' holodd Ricard.

'Heb fynd i fanylder, dwi'n gwybod am holl ddigwyddiadau pwysig y Natsïaid. Mae'r wybodaeth yn ddibynadwy iawn. Ydy, mae Heydrich yng Ngwlad Pwyl – dwi'n sicr o hynny.'

'Pam ei fod o'n dweud celwydd, felly?' holodd Jeanne, yn sychu ei gwallt â thywel erbyn hyn.

'Rhywbeth i'w guddio falle?' awgrymodd Ricard.

Arllwysodd Jeanne wydraid o Cognac iddi ei hun yn y gobaith y gwnâi les iddi.

'Wel, mae o bron yn ôl yn Nantes erbyn hyn. A dwi ddim yn gweld sut mae hyn yn berthnasol, beth bynnag,' dywedodd Jeanne.

'Mae hyn yn arwyddocaol,' atebodd Jean y cogydd.

'Ond sut, Jean? Be sydd gan hyn i'w wneud â Mireille?' holodd Jeanne.

'Dwi'n amau fod tipyn mwy i hyn na chelwydd diniwed ond bydd yn rhaid i mi wneud cwpwl o alwadau sydyn i gadarnhau. Mi wela i chi yn hwyrach heno.'

Aeth Jean yn ôl i'r Café LeGrand gan adael y gweddill yn dyfalu beth oedd mor bwysig am gelwyddau Hermann.

13
Cyfiawnder

DRANNOETH ROEDD DAU feic modur yn arwain car milwrol ar hyd y lôn rhwng Nantes a Vannes. Yn y car roedd Hermann yn edrych yn hapus ei fyd, a Serge yn edrych fel drychiolaeth, yn yr un dillad â ddoe ar ôl noson wael o gwsg mewn cell.

Doedd gan Hermann ddim diddordeb mewn siarad a doedd fawr o awydd ar Serge i godi sgwrs chwaith. Doedd Serge yn sicr ddim am sôn ei fod wedi sylwi ar Citroën Avant mawr du yn eu dilyn ers iddynt adael Nantes.

Yn y Café Rouge roedd Mireille mewn ffrog haf felen gyda rhubanau glas yn ei gwallt. Roedd ei ches bach ar un o'r byrddau. Edrychai Jeanne y tu hwnt i dristwch, a'i hwyneb yn welw, fel petai rhywun wedi sugno'i henaid ohoni. Eisteddai Ricard yn dawel a cherddai Michel yn ôl ac ymlaen heb fedru aros yn llonydd am eiliad. Edrychodd Jeanne ar y cloc. Munud i hanner dydd.

'Mi ddewch chi i 'ngweld i? Addo?' gofynnodd Mireille.

Gwenodd Jeanne yn wan, er bod ei chalon ar dorri.

'Wrth gwrs y gwnawn ni. Dwi'n addo. Bydd di'n ferch ddewr. A phaid ag anghofio Nounours.'

Estynnodd Jeanne y tedi ati ond ysgydwodd Mireille ei phen yn ddewr.

'Na, dwi am adael Nounours yma efo chi. Rhag ofn i'r milwyr ei ddwyn.'

Caeodd Jeanne ei llygaid a gwasgu'r tedi bach yn dyner at ei bron. Trodd bys y cloc at hanner dydd a daeth sŵn y cerbydau.

Roedd cyfnod Mireille yn y Café Rouge ar fin dod i ben. Eiliadau ar ôl clywed sŵn drysau'r cerbydau yn agor a chau daeth Serge i mewn a Hermann yn ei ddilyn.

'Da iawn. Popeth yn barod, dwi'n gweld,' meddai Hermann gan rwbio'i ddwylo ar ôl gweld Mireille a'r ces bach ar y bwrdd.

Heb yn wybod i Hermann a'r gweddill daeth dyn dieithr i mewn i'r caffi. Aeth y dieithryn draw at Hermann a'i gyfarch drwy estyn ei law. Roedd y dyn yn dalach na Hermann o dipyn ac yn lletach hefyd. Edrychodd Hermann arno'n ddrwgdybus. Gwisgai'r dyn gôt a oedd yn werth cyflog mis i filwr ac roedd yr oriawr aur ar ei arddwrn yn arwydd o gyfoeth mawr.

'Gadewch i mi gyflwyno fy hun… Jean-Paul Saliceti.'

Gwrthododd Hermann ei law. Edrychodd o gwmpas yr ystafell fel petai'n disgwyl i rywun egluro presenoldeb y dieithryn.

'Oes modd i ni gael gair bach tawel?' gofynnodd Jean-Paul gyda gwên.

'Na, does dim angen i ni gael gair. Pam 'dach chi yma?' atebodd Hermann yn sur.

Pwysodd Jean ymlaen er mwyn sibrwd yng nghlust Hermann, 'Filles de Nantes,' a chamu yn ôl er mwyn gwylio wyneb syn yr Almaenwr.

Caledodd wyneb Hermann wrth glywed y geiriau. Yna, gwaeddodd,

'Pawb allan! Pawb allan! Dwi am gael gair personol â'r dyn yma.'

Cododd pawb ac aeth Mireille a Jeanne law yn llaw allan o'r bwyty ac i'r gegin drws nesaf. O fewn ychydig eiliadau roedd Hermann a Jean-Paul Saliceti ar eu pennau eu hunain. Roedd Hermann yn benderfynol o siarad gyntaf.

'Monsieur Saliceti… dwi ddim yn gwybod beth yw'ch gêm chi. Dyw hyn ddim yn jôc. Ydach chi'n trio fy mygwth i?'

Sylwodd Jean-Paul fod potel o Cognac ar y bar ac fe aeth i'w nôl ac arllwys gwydraid. Gwrthododd Hermann. Roedd yn well ganddo sefyll ynghanol y bwyty gwag yn ei gôt ledr a'i wisg SS a mynnu eglurhad. Eisteddodd Jean-Paul yn hamddenol ac edrych ar yr Almaenwr o'i gorun i'w sawdl cyn siarad.

'Beth yw'r oedran cyfreithiol y gall merch gael rhyw?'

'Pam? Pa nonsens yw hyn? Eglurwch yn gyflym, mae gen i daith i Baris o 'mlaen.'

'Dwi'n un o ddynion busnes Nantes. Dwi'n nabod pawb yn y ddinas. Ac mae gen i lygaid ymhobman.'

''Dach chi ddim yn gwneud unrhyw synnwyr,' meddai Hermann yn ddiamynedd wrtho.

'Ble'r oeddech chi neithiwr rhwng saith a naw o'r gloch?' holodd Jean-Paul.

'Dwi ddim yn cofio. Pa fusnes ydy hynny i chi?'

'Gadewch i mi eich atgoffa felly. Dwi'n synnu bod angen eich atgoffa, gan y byddwch chi'n gwneud yr un peth bron bob nos Sadwrn. Ymweld â lleiandy yn Nantes i gyfarfod â'r merched ifanc.'

'Monsieur Saliceti, yn rhinwedd fy swydd mae gofyn i mi gadw cofrestr o bawb, hyd yn oed plant,' eglurodd Hermann fel petai'r eglurhad syml yn rhoi terfyn ar y mater.

Aeth Jean-Paul yn dawel am rai eiliadau. Gwenodd Hermann ond doedd o ddim yn gwenu ar ôl clywed yr hyn a glywodd nesaf.

'Tynnodd rhywun fy sylw at eich gweithredoedd yn y lleiandy, ac fel pob dinesydd da mi wnes i fy ymchwil fy hun.'

Tynnodd Jean-Paul amlen o'i boced. Yn yr amlen roedd nifer o ffotograffau. Dechreuodd osod y lluniau ar y bwrdd yn bwyllog fel petai'n gosod llaw dda mewn gêm o gardiau. Gwyliodd yr Almaenwr mewn distawrwydd wrth i Jean-Paul Saliceti osod y lluniau o'i flaen. Wedi gweld y llun cyntaf ohono ef ei hun gyda merch ifanc noeth fe gollodd Hermann reolaeth. Camodd ymlaen a dechrau rhwygo'r lluniau yn ei dymer. Lluchiodd y darnau i'r awyr fel conffeti. Brwsiodd Jean-Paul un o'r darnau papur oddi ar ei ysgwydd cyn siarad yn dawel a phwyllog:

'Mae gen i gopïau o bob llun. Y ferch yn y llun yw Larissa, merch dair ar ddeg sydd o dan ofal y lleiandy,' ychwanegodd Jean-Paul. 'Mae eich gweithredoedd yn warth ar eich cenedl ac yn dwyn cywilydd ar Adolf Hitler ei hun.'

Eisteddodd Hermann a meddwl yn hir cyn siarad, yn dawelach y tro hwn. 'Be 'dach chi eisiau?'

'Mae 'na amlenni eraill yn llawn lluniau tebyg,' meddai Saliceti.

'Monsieur Saliceti, dwi'n cydnabod eich bod chi wedi fy rhoi i mewn sefyllfa... anodd. Beth ydach chi eisiau? Dwi ddim yn ddyn cefnog.'

'Mae'n rhy hwyr. Mae'r amlenni eisoes ar eu ffordd at yr awdurdodau, gan gynnwys eich ffrind Heydrich. Dyw hyd yn oed y Gestapo ddim yn derbyn ymddygiad fel hyn.'

Aeth wyneb Hermann yn welw.

'Ewch o 'ma heddiw yn waglaw, a gadewch y teulu yma i fod. Does dim ffordd yn y byd y cewch chi fynd â'r ferch fach. 'Dach chi ddim yn dryst i fod yng nghwmni merched ifanc, beth bynnag. Pe bawn i'n cael fy ffordd byddech chi'n pydru mewn cell am weddill eich oes.'

Cododd Hermann o'i gadair a mynd yn araf a thawel am y drws.

'Cyn i chi fynd drwy'r drws ac yn ôl i Nantes – clywch hyn. Os bydd unrhyw beth yn digwydd i mi neu'r ferch yna, mi fydd amlen arall yn llawn lluniau tebyg yn cael ei hanfon at eich gwraig yn yr Almaen. Mater bach fydd dod o hyd i'w chyfeiriad.'

Arhosodd Jean-Paul yn ei gadair nes clywed cerbydau Hermann yn gadael. Agorodd y drws a daeth Jeanne i mewn yn araf ac edrych o'i chwmpas rhag ofn bod Hermann yn dal i lechu yno'n rhywle.

'Mae o wedi mynd. Wnaiff o ddim eich poeni chi eto. Dwi'n tybio y bydd Hermann yn cael ei anfon i ymladd yn Rwsia cyn diwedd y mis.'

'Diolch o galon. Wn i ddim beth wnaethoch chi ond 'dan ni yn eich dyled yn fawr iawn,' meddai Jeanne yn ei dagrau.

Gwenodd Jean-Paul, codi ac anelu am y drws.

'Yndach, 'dach chi yn fy nyled. Ac fel arfer bydd gweithred o'r fath yn haeddu taliad ariannol sylweddol, ond y tro hwn dwi am setlo am bryd o fwyd yma i mi a 'ngwraig. Mi fydda i mewn cysylltiad. Dydd da.'

Ac allan ag o, gan gau'r drws yn dawel ar ei ôl.

14
Un diwrnod ym Mharis

9 A.M.

Gydag Isabelle dan glo yn yr ystafell win roedd Pierre a Luc yn aros am gadarnhad bod ei rieni wedi cyrraedd Sbaen yn ddiogel. Daeth cnoc ar y drws.

'Fy chwaer, Cécile,' meddai Pierre wrth ddatgloi drws ei dŷ.

Rhedodd hithau i mewn ar frys. Roedd hi allan o wynt a phrin yn gallu tynnu digon o anadl i siarad.

'Luc, dwi newydd glywed newyddion yn ôl yn y carchar ac wedi dod yma cyn gynted â phosib.'

'Pa newyddion, Cécile?' gofynnodd Luc.

'Roedd plismyn y carchar wedi rhoi dy rieni ar y trên i Sbaen. Ond aeth Lucien Rottée at swyddog Gestapo o'r enw Ulrich Frank.'

'Beth ddigwyddodd?' gofynnodd Luc.

'Ar ôl tynnu'r ddau o'r trên a chlymu eu dwylo y tu ôl i'w cefnau mi roddon nhw raff am wddf dy dad a'i grogi. A'i adael yn hongian yno.'

Trawodd y newyddion Luc fel gordd a'i adael yn syfrdan. Fflachiai casineb yn ei lygaid gleision. Roedd ei galon yn curo mor galed nes y gallai glywed y curiadau ym mlaenau ei fysedd.

'A beth am Lucie, fy llysfam?' gofynnodd.

'Mae hi wedi cael ei churo gan y Gestapo. Mae hi'n fyw ond mewn cyflwr gwael iawn. Mae hi'n ôl yn y carchar, yn yr ystafell cymorth cyntaf. Mi welodd fy ffrind hi. Mae hi'n bur wael, Luc.'

Aeth Luc yn syth am y pistol ym mhoced ei siaced. Camodd yn gyflym at ddrws y storfa win lle'r oedd Isabelle dan glo. Agorodd y drws a cherdded i mewn ati. Roedd hithau'n ei ddisgwyl ar ôl clywed y newyddion, wedi plygu'n grwn fel pelen a'i gwallt du'n flêr dros ei hwyneb.

Caeodd Pierre ddrws yr ystafell ar ei ôl a gwnaeth Cécile, ei chwaer, siâp croes ar ei bron. Safodd Luc o flaen Isabelle heb edrych arni. Agorodd y gwn yn ei ganol a dechrau llwytho'r bwledi, un ar ôl y llall, nes bod y chweched yn ei lle. Caeodd y gwn yn glep ac yna edrychodd arni, ei wyneb yn galed ac yn oer. Roedd llygaid Isabelle ar gau a'i dwylo dros ei chlustiau er mwyn ceisio anwybyddu pob dim o'i chwmpas. Anelodd Luc am ei thalcen.

'Dwi'n gwybod pwy yw Ulrich Frank!' gwaeddodd Isabelle yn sydyn. 'Dwi'n gwybod lle mae yna storfa o ynnau hefyd. Dwi wedi bod yno gyda Lucien Rottée. Mi fedra i eich arwain chi yno,' gwaeddodd yn uwch gan orfodi Luc i oedi am eiliad arall.

Chwaraeodd y geiriau ar ei feddwl wrth iddo anelu am yr eildro ond yn llai pendant y tro hwn. Roedd Luc yn pwyso a mesur gwerth ei gwybodaeth hi iddo. Arhosai hithau am ei diwedd.

'Pa ynnau?' gofynnodd Luc.

Agorodd Isabelle ei llygaid ar ôl synhwyro llygedyn o obaith. Atebodd gyda chryndod yn ei llais,

'Gynnau'r heddlu cudd… Digon i ddial… Digon i ymladd yn ôl.'

'Ble mae Ulrich Frank?' gofynnodd Luc.

'Dwi'n gwybod lle bydd o'n mynd bob nos. Dwi wedi'i weld o yna, droeon… gwesty… mi fedra i dy gael di i mewn yno.'

'Pa westy?' gofynnodd Luc, gan ddal i anelu'r gwn tuag ati.

'Y Ritz. Mi fedra i dy gael di i mewn yno, wir,' meddai Isabelle yn daer.

Daeth anadl o ryddhad hir o'i chorff wrth iddi weld Luc yn rhoi'r gwn i lawr wrth ei ochr.

'Mae'n edrych yn debyg bod Lucien Rottée wedi'n bradychu ni'n dau.' Mae'n ddrwg iawn gen i am dy dad, Luc,' ychwanegodd Isabelle mewn ymgais i adeiladu pont fechan rhyngddynt.

'Os wyt ti'n dweud celwydd am y Ritz a'r gynnau, mi gei di dy grogi fel fy nhad.'

10 a.m.

Eisteddai Luc, Pierre a'i chwaer Cécile o amgylch bwrdd y gegin yn rhannu bara a jam.

'Dwi am drio achub Lucie o'r carchar,' meddai Luc. 'Ond mi fydd hi'n beryglus. Does dim rhaid i chi fy helpu. Byddai hynny'n gofyn gormod.'

''Dan ni *am* dy helpu di, Luc,' dywedodd Pierre, a nodiodd ei chwaer.

Rhoddodd Luc ei wn yn ofalus ar ganol y bwrdd.

'Ond mae 'na broblem. Dim ond un gwn sydd gynnon ni. Pierre, wnei di nôl Isabelle, i ni gael clywed beth sydd ganddi hi i'w ddweud?'

Eisteddodd Isabelle o'u blaenau gan geisio rhoi trefn ar ei gwallt cyn dechrau siarad, 'Mae gynnau'r heddlu cudd mewn fflat ar yr Île de la Cité.'

Disgrifiodd Isabelle y lleoliad ar lawr cyntaf adeilad hynafol ar yr ynys ynghanol y Seine. Roedd yn lle digon cyffredin o'r tu allan ac oherwydd hynny doedd fawr ddim pwyslais ar ddiogelwch yno.

'Dim ond un heddwas arfog sy'n gwarchod drws y fflat.'

Roedd y fflat yn fan cyfarfod yr heddlu cudd, a'r ystafell ynnau dan glo ar y chwith ar ôl mynd i mewn, yn ôl Isabelle. Roedd Rottée wedi mynd â hi yno fel y gallai ymffrostio yn ei ymerodraeth fach newydd. Yn ogystal â'r arfau byddai'r heddlu'n cadw arian yno ar gyfer talu bradwyr Paris. Roedd yr arian wedi'i rowlio mewn peli cyfleus fel y gellid eu rhoi yn syth yn nwylo'r bradwyr ar gorneli stryd.

'Pa fath o ynnau sydd yno?' gofynnodd Luc.

'Rhai amrywiol. Mawr a bach, a chadwyn hir amdanyn nhw. Mae'r bwledi mewn cwpwrdd gerllaw. Fe wna i ddod gyda chi, i'ch helpu chi.'

Ar ôl cytuno ar gynllun, edrychodd Luc ar Pierre a'i chwaer yn hir cyn rhannu ei deimladau.

'Does dim rhaid i neb fod yn arwr. Dwi ddim yn ymladd yn enw'r Résistance, dwi ddim yn codi gwn yn enw de Gaulle chwaith, a dwi'n sicr ddim yn gweithredu ar ran gwleidyddiaeth gomiwnyddol fy nhad. Y cyfan dwi am wneud ydy trio achub Lucie cyn ei bod hi'n rhy hwyr. Does dim rhaid i chi ymuno â mi. Cofiwch, mae 'na fradwyr ar bob cornel ac os cawn ni'n dal byddwn yn wynebu'r gosb eithaf.'

Ar ôl eiliadau o ddistawrwydd, Pierre siaradodd yn gyntaf. 'Beth arall sydd i mi ei wneud beth bynnag? Mynd yn ôl i yfed gwin drwy'r dydd?'

'Iawn. Diolch o galon. Mi awn ymlaen gyda'n gilydd yn enw Lucie, ond cadwch hwn yn saff rhag ofn i chi gael eich dal.' Aeth Luc i'w boced a dosbarthu'r peli crwn o wenwyn seianeid yn dawel rhwng y tri oedd yn eistedd wrth y bwrdd.

2 p.m.

Roedd yn rhaid i Isabelle godi ei llaw rhag cryfder yr haul wrth gerdded i gyfeiriad yr Île de la Cité. Roedd hi wedi'i thrawsnewid o fod yn garcharor i fod yn löyn byw, ac yn cerdded yn hyderus yn un o hen ffrogiau blodeuog Cécile. Er bod y wisg yn perthyn i ffasiwn y dauddegau, fe wnaeth Isabelle droi pen sawl dyn wrth iddi groesi'r bont dros y Seine. Cerddai Luc ychydig lathenni'r tu ôl iddi gan wylio pob symudiad rhag ofn iddi benderfynu dianc. Trodd Isabelle a gwenu arno, a rhyfeddodd Luc at ei phrydferthwch.

Ar ôl cyrraedd yr Île de la Cité aeth Isabelle at ddrws un o'r adeiladau hynafol – gallai gofio'r drws mawr du yn iawn. Safai Luc y tu ôl iddi gyda sigarét yn ei law a gwn yn ei boced, ond edrychai fel unrhyw ddinesydd arall ar brynhawn o haf. Arhosai Pierre amdanynt ar y gornel ers rhai munudau.

Gwthiodd Isabelle y drws a cherdded yn hyderus ar hyd llawr llechen y cyntedd bach ac i gyfeiriad y grisiau carreg cul a droellai drwy ganol yr adeilad. Roedd yr heddwas arfog ar y llawr cyntaf wedi clywed y drws yn agor a chau yn y cyntedd ac yna clywodd sŵn sodlau menyw ar y grisiau. Cododd yr heddwas Ffrengig o'i gadair a diffodd ei sigarét. Roedd yn awyddus i weld pwy oedd yn gwisgo'r sodlau, yn tarfu ar syrffed ei brynhawn. Ychydig a wyddai fod sŵn y pedolau benywaidd ar y grisiau yn boddi sŵn y dyn mewn mwgwd oedd yn ei dilyn.

Ar ôl cyrraedd drws y fflat cychwynnodd Isabelle sgwrs anffurfiol gyda'r heddwas am y tywydd er mwyn rhoi cyfle i Luc sleifio'r tu ôl iddi a thynnu ei wn. Ildiodd yr heddwas yn syth, taflu ei wn ar y llawr a rhoi ei ddwylo uwch ei ben. Doedd arno ddim awydd peryglu ei fywyd. Daeth Pierre i fyny'r grisiau yn dawel a chlymu dwylo'r heddwas y tu ôl i'w gefn. Yna, clymodd yr heddwas i'w gadair a chymryd ei wn.

'Sut mae agor y drws?' sibrydodd Luc yng nghlust yr heddwas gan bwyntio'i wn ato'n fygythiol.

'Cnocio dair gwaith,' meddai'r heddwas yn gyflym.

Cnociodd Luc dair gwaith a daeth heddwas diog yr olwg at y drws. Roedd ganddo bapur newydd yn un llaw a golwg ddigon difater ar ei wyneb. Gwenodd yr heddwas wrth weld y ferch olygus ond diflannodd ei wên yn syth wrth weld dyn mewn mwgwd yn pwyntio gwn ato. Cyn iddo gael cyfle i gau'r drws gafaelodd Luc yn ei goler a'i wthio i mewn i'r fflat gyda'r gwn yn ei gefn. Daeth Pierre i mewn ar eu holau.

Roedd tri heddwas arall yn bwyta cinio wrth fwrdd mawr crwn ynghanol yr ystafell. Ar ôl gweld y gynnau, ildiodd y tri yn syth a chodi eu dwylo yn yr awyr. Doedd fawr o awydd ymladd arnynt hwythau chwaith. Dynion hunanol oedd y rhain, a'u dyfodol hwy eu hunain oedd yn bwysig iddyn nhw. Doedd yr un ohonynt am ymladd i amddiffyn yr arfau – roedd eu bywydau'n bwysicach na gwasanaethu'r Almaenwyr.

'Allwedd?' gofynnodd Luc gan ddal gwn at dalcen heddwas. Aeth yntau i'w boced a rhoi allwedd y drws iddo'n syth.

'Cymerwch y cyfan,' meddai Luc wrth ei gynorthwywyr, gan gadw llygad barcud ar yr heddweision.

Llwythodd Pierre ac Isabelle y gynnau a'r bwledi i focs a'u cludo i lawr y grisiau cyn eu llwytho i gefn y cerbyd roedd Cécile wedi'i yrru i gefn yr adeilad. Cyn gadael, aeth Luc i'r ystafell ynnau a gweld blwch gyda chlo arno. Gorchmynnodd un o'r heddweision ifanc i'w agor. Cofiodd i Isabelle sôn fod yr heddlu'n cadw arian i dalu'r bradwyr. Wrth iddo gerdded i mewn rhuthrodd yr heddwas amdano â'i holl nerth a gwthio Luc yn ôl yn erbyn y wal. Byddai Luc wastad yn cario cyllell fflic yn llawes ei fraich chwith a llithrodd y gyllell i lawr ei fraich ac i'w law. Ffliciodd y llafn ar agor a dal y gyllell ar wddf yr heddwas mor galed nes tynnu gwaed. Rhyddhaodd yntau ei afael a chamu'n ôl a'i ddwylo yn yr awyr. Anelodd Luc ei wn at droed yr heddwas a thanio. Chwistrellodd y gwaed allan o'r twll yn yr esgid fel pistyll a gwaeddodd yr heddwas mewn poen wrth syrthio ar lawr.

Galwodd Luc ar heddwas arall i ddod yno yn ei le. Wedi datgloi'r blwch cododd yr heddwas y caead. Roedd y papurau arian wedi'u rowlio'n beli cyfleus, yn union fel y soniodd Isabelle. Llwythodd Luc y peli i mewn i'w bocedi. Yna, daeth Pierre yn ei ôl a dweud bod y dasg o lwytho'r gynnau wedi'i chwblhau. Safodd Luc o flaen yr heddweision llywaeth.

'O hyn allan, ystyriwch eich hunain yn fradwyr i Ffrainc, eich gwlad.' Anelodd ei wn yn fygythiol o'r naill i'r llall cyn parhau â'i araith. 'Os clywaf i am un Ffrancwr arall yn cael ei fradychu… ac yna ei drosglwyddo i'r Gestapo… mi gewch chi fwled. Ydy hynny'n glir? Dyma eich rhybudd olaf.'

3.50 p.m.

Safai dau blismon arfog wrth fynedfa carchar La Santé, yn chwerthin ar ôl rhannu jôc a heb sylwi ar y car yn nesáu. Parciodd Pierre yn ddigon pell o'r fynedfa i osgoi tynnu sylw. Eisteddai Cécile nesaf ato ac yn y cefn roedd Luc ac Isabelle. Dechreuodd Cécile ddisgrifio'r dasg o'u blaenau.

'Ar yr awr mae'r drysau'n agor, a'r plismyn yn newid shifft. Ar ôl mynd heibio'r fynedfa mae Lucie yn yr ystafell cymorth cyntaf ar y chwith. Mi welwch chi ddrws gwyn â chroes goch arno.'

Edrychodd Luc ar ei oriawr. Roedd hi'n tynnu at bedwar o'r gloch. Aeth i'w boced a nôl y botel wisgi. Arllwysodd y ddiod dros ei ddillad ac yfed sawl cegaid.

'Ar ôl delio â'r heddlu wrth y drws mi af i mewn,' meddai. Yna trodd at Pierre a dweud, 'Arhosa di gyda'r heddlu a'u gwylio. Unrhyw drafferth, saetha nhw. Mae'r rhain yn fwy peryglus na'r criw diwerth oedd yn gwarchod yr arfau.'

Ar ôl gadael y car cerddodd Pierre a Luc at fynedfa'r carchar a'u pistolau yn eu pocedi. Gan ymddwyn fel meddwyn aeth Luc yn syth at yr heddwas cyntaf, dangos blaen ei sigarét iddo a gofyn am dân. Edrychodd yr heddwas yn syn arno. Doedd tanio sigaréts y cyhoedd ddim ymhlith ei ddyletswyddau, yn enwedig sigarét meddwyn oedd yn drewi o ddiod.

Chwarddodd ei gyfaill arno. 'Paid â thanio matsien yn agos at y trempyn rhag ofn iddo greu coelcerth.'

Edrychodd Luc ar ei oriawr yn gyflym… pedwar o'r gloch ar ei ben. Clywodd follt y drws yn agor y tu ôl i'r heddweision a daeth dau arall i'r golwg.

'Hei, mae André wedi gwneud ffrind newydd,' meddai'r heddwas am ei gyd-weithiwr.

'Cer adre, gyfaill!' cyfarthodd yr heddwas, gan wthio Luc oddi wrtho.

Trawodd Luc yn fwriadol i mewn i gorff yr heddwas, tynnu gwn o'i boced ei hun ar amrantiad a'i ddal o dan ei ên. Daeth Pierre y tu ôl iddo a thynnu ei wn yntau a'i bwyntio i gyfeiriad yr heddweision eraill.

'Gynnau ar y llawr!' gwaeddodd Luc.

Aeth wynebau'r heddweision yn welw. Ildiasant y gynnau yn ufudd a chodi eu dwylo uwch eu pennau. Sleifiodd Luc i mewn i'r carchar drwy'r fynedfa agored a cherdded yn araf gyda'i wn y tu ôl i'w gefn. Doedd neb yn gwarchod y buarth a rhoddodd ei wn heibio, mewn ymdrech i edrych fel gŵr ar ddyletswydd. Gwelodd y drws gwyn gyda'r groes goch arno yn yr union le y disgrifiodd Cécile. Gwthiodd y drws a daeth arogl cryf i'w ffroenau – arogl a atgoffodd Luc o basio'r lladd-dy ar ei ffordd i'r ysgol pan oedd yn blentyn.

Roedd yr ystafell cymorth cyntaf yn hir a chul gyda gwlâu wedi'u gosod mewn rhesi blêr y naill ochr a'r llall. Yr unig berson meddygol yno oedd nyrs oedd yn ceisio rhoi diod o ddŵr i un o'r cleifion. Cerddodd Luc heibio iddi ac aeth i chwilio am Lucie ymysg y cleifion.

'Mae'r rhain i gyd yn aros i farw,' meddai Luc o dan ei wynt ond yn ddigon uchel i'r nyrs ei glywed.

Daeth y nyrs ato. 'Ydyn, maen nhw wrth borth marwolaeth, 'dach chi'n iawn,' meddai a'i llais yn llawn anobaith. 'Does gen i ddim adnoddau meddygol na meddyginiaeth na doctoriaid i'w trin nhw. Fydd fawr neb sy'n dod yma yn llwyddo i wella. Dwi'n teimlo fel ymgymerwr yn eu mysg. Ydach chi'n chwilio am rywun arbennig?'

'Lucie Dorland,' meddai Luc.

O'i hymateb, roedd hi'n amlwg bod y nyrs yn gyfarwydd â'r enw.

'Yn y gornel… Mae hi'n ddifrifol wael,' sibrydodd yn dawel.

Aeth Luc draw at y gwely lle gorweddai ei lysfam. Prin bod yna fywyd ar ôl yn y corff a hithau bellach yn ddim mwy na swp o groen ac esgyrn.

'Ydy hi am fyw?' gofynnodd Luc yn dawel.

'Dim ond am ychydig ddyddiau efallai, mae hi angen sylw meddygol dwys,' dywedodd y nyrs wrth godi ei garddwrn a theimlo'r pyls egwan. 'Pwy ydach chi?'

'Ffrind,' meddai Luc a gafael yn llaw arall Lucie a'i gwasgu'n dyner.

'Yn anffodus, does dim mwy y galla i ei wneud. Mae gen i forffin i'w roi… i helpu… i leddfu'r boen.'

Ond doedd Luc ddim am ei gadael yno i farw.

'Helpwch fi… dwi am fynd â hi o 'ma,' dywedodd wrth y nyrs a dechrau lapio ei ffrâm eiddil mewn blanced.

Doedd ganddi ddim gwrthwynebiad gan fod ei theyrngarwch i'r cleifion yn llawer mwy nag i'r Almaenwyr.

'Dwi am edrych ar ei hôl,' meddai Luc ar ôl ei chodi o'r gwely a'i rhoi dros ei ysgwydd yn ofalus. Ffarweliodd â'r nyrs, tynnu ei wn o'i siaced a mynd am y drws.

Camodd Luc allan o'r ystafell cymorth cyntaf. Doedd yr un enaid byw yno. Brasgamodd tua'r fynedfa gyda Lucie dros ei ysgwydd chwith a'r gwn yn ei law dde. Roedd o fewn llathen i'r fynedfa pan agorodd drws y tu ôl iddo. Erbyn i Luc sylweddoli bod plismon arfog yn sefyll yno roedd hi'n rhy hwyr. Daeth y fwled fel taran i darfu ar y llonyddwch. Teimlodd Luc hi'n taro a syrthiodd ar ei liniau, ond llwyddodd i droi a wynebu ei ymosodwr. Roedd y fwled wedi rhwygo trwy ei glust chwith. Saethodd y boen trwy ei gorff a'i fyddaru.

Roedd yr heddwas hanner can llath i ffwrdd ac yn anelu ei

bistol. Taniodd eto. Rhwygodd y fwled drwy'r cnawd. Teimlodd Luc yr ychydig fywyd oedd ar ôl yng nghorff Lucie yn diflannu wrth i'r fwled ei tharo. Llithrodd ei chorff oddi ar ei ysgwydd. Dechreuodd yr heddwas redeg tuag ato. Roedd am ddod yn nes er mwyn sicrhau y byddai'n lladd Luc â'r fwled nesaf. Edrychodd Luc arno'n dod yn nes ac yn nes. Gwyddai fod y naill neu'r llall ohonynt am farw yn yr eiliadau nesaf. Er gwaethaf y boen, llwyddodd Luc i droi ei wn i gyfeiriad yr heddwas a thanio'n reddfol. Syrthiodd yr heddwas i'r llawr a rhowlio'n belen o boen.

Cododd Luc a cheisio adennill ei nerth. Edrychodd ar y cyrff wrth ei draed – dau oedd newydd golli eu bywydau mor ddisymwth. Daeth ei glyw yn ôl. Clywodd seiren y carchar y tu ôl iddo a gwyddai mai eiliadau'n unig oedd ganddo i ddianc neu wynebu cawod o fwledi. Llusgodd ei hun at y fynedfa ac agor y drysau mawr cyn mynd am y car, a ffrwd o waed yn llifo o'i glust.

8.30 p.m.

Y Bar Vendôme yn y Ritz fyddai hoff fan cyfarfod uwch-swyddogion yr Almaen a boneddigion Paris. Ar ddyddiau cynnes byddai cinio ar y teras yng ngardd y Bar Vendôme yn brofiad arbennig. Roedd pistyll baróc ynghanol yr ardd ac wrth ei ymyl roedd delw Roegaidd yn gafael mewn ffiol Medici ymysg y blodau lliwgar. Roedd y lliwiau hardd a'r delwau clasurol yn rhoi *joie de vivre* i'r ddihangfa freintiedig hon ynghanol y ddinas. Gyda'r nos deuai'r cwsmeriaid ariannog i'r bar ecsgliwsif i fwynhau gwinoedd drud – siampên, Cognac neu Armagnac oedd â'r blynyddoedd gorau ar eu labeli.

Roedd Luc ac Isabelle yn eistedd mewn car ar y Rue Cambon gerllaw, yn aros am Ulrich Frank – y dyn a roddodd raff am wddf Gustave Dorland. Er iddo newid ei siwt roedd golwg dyn a fu mewn brwydr ar Luc wedi iddo gael pwythau yn ei glust a chwistrelliad o'r cyffur morffin yn ei wythiennau i ladd y boen.

'Mi fydd o'n hawdd ei adnabod. Mae o bron yn saith troedfedd o daldra. Wnaiff o byth fy adnabod i – mae o'r math o ddyn sy'n rhy bwysig i gofio pobol fel fi,' meddai Isabelle yn hyderus.

Tynnodd Luc ei bistol o boced ei siaced i wneud yn siŵr ei fod wedi'i lwytho cyn ei roi yn ei ôl.

'Cymer bwyll, Luc,' meddai Isabelle yn dawel yn ei glust. 'Dyna'r eildro i ti edrych ar y gwn mewn llai na munud.'

Cusanodd Isabelle ei foch. Aroglodd Luc ei phersawr synhwyrus, ond tarfwyd ar y foment gan sŵn cerbyd yn nesáu.

Arhosodd car mawr du y tu allan i'r gwesty a chamodd dau filwr pwysig yr olwg allan ohono ac yna ffrâm enfawr a phen moel Ulrich Frank. Aeth Luc ac Isabelle i mewn ar eu holau a gweld yr Almaenwyr wrth yr ystafell gotiau.

'Gynnau a chotiau?' gofynnodd y swyddog y tu ôl i'r ddesg. Tynnodd yr Almaenwyr eu cotiau mawr llwyd a rhoi eu gynnau Luger ar y cownter. Aeth y milwyr i'r bar ac aeth Isabelle a Luc ar eu holau heb oedi wrth yr ystafell gotiau. Roedd dyn mewn dici-bo du yn gwarchod y drws i'r Bar Vendôme.

'Mi wna i'r siarad,' sibrydodd Isabelle.

Edrychodd y dyn yn y dici-bo yn amheus ar y dyn ifanc â'r graith ar ei wyneb a phwythau yn ei glust, ond ar ôl i Isabelle gael gair bach tawel a chariadus yn ei glust a rhoi cildwrn yn ei law, agorodd y drws i'r ddau gyda gwên.

Aethant i eistedd wrth fwrdd mewn cornel dawel ond o fewn golwg i'r lle'r eisteddai Ulrich Frank a'i ffrindiau. Glaniodd sawl gwydraid o gwrw ar fwrdd Ulrich o fewn eiliadau. Roedd y rhain yn edrych fel dynion oedd ar frys i feddwi. Edrychodd Luc o'i gwmpas er mwyn dewis y ffordd orau i ddianc pe bai raid. Y ddihangfa dân wrth y tai bach yng nghornel bellaf y Bar Vendôme oedd orau. Roedd y cadeiriau'n esmwyth a hawdd iawn fyddai anghofio am dlodi'r rhyfel ym moethusrwydd y Ritz. Dechreuodd dyn ifanc mewn siwt wen chwarae'r piano. Daeth bloedd o werthfawrogiad o gyfeiriad criw swnllyd wrth y bar, ac yn eu canol roedd Almaenwr mawr yn chwerthin yn ferchetaidd ac yn uwch na phawb arall.

'Ydy'r dyn yn gwisgo colur?' gofynnodd Luc yng nghlust Isabelle.

'Ydy. Dyna Hermann Göring, Pennaeth y Luftwaffe. Mae'r lwmpyn tew yn byw yma yn y Ritz. Ond paid â dal ei lygad o neu mi fydd o draw yma fel bollt,' atebodd hithau. 'Dwi wedi ei weld yma droeon ond mae o'n rhy bwysig i nabod wyneb merch fel fi,' ychwanegodd Isabelle.

Credai rhai fod y Ritz wedi goroesi cystal yn y cyfnod anodd hwn oherwydd parch yr Almaenwyr at y perchennog, Madame Ritz, gweddw César Ritz, sylfaenydd y gwesty. Ond mewn gwirionedd, roedd y Ritz yn ffynnu oherwydd bod Reichsmarschall Hermann Göring wedi symud i fyw yno a chymryd llawr cyfan i'w ddibenion ei hun. Byddai Marie-Louise Ritz a Göring yn yfed coctels ac yn cystadlu am y gorau i ddiddanu eu ffrindiau â'u storïau. Edrychodd Madame Ritz draw i gyfeiriad Luc ac Isabelle. Gwenodd Isabelle a chododd wydryn fel petai'n cynnig llwncdestun. Gwenodd hithau'n ôl yn groesawgar ond diflannodd y wên ar unwaith pan welodd y gwaed yn dod o glust Luc ac i lawr ar hyd ei wyneb ac ar y carped gwyn dan draed. Cododd Marie-Louise a mynd at un o'i swyddogion diogelwch wrth y drws. Gwyliodd Luc y ddau yn edrych draw ac yn trafod, a gwyddai ei bod hi'n amser iddo adael.

'Luc, mae dy bwythau di wedi agor!' meddai Isabelle. 'Ti'n gwaedu! Cer! Pasia'r gwn. Gad Ulrich i fi!'

Aeth Luc i boced ei siaced a sleifio'r pistol yn ofalus o dan y bwrdd i Isabelle. Rhoddodd hithau'r gwn yn ei bag. Roedd hi'n amlwg nad oedd croeso i Luc yn y gwesty mwyach.

'Bydd yn ofalus,' meddai Luc yn dyner, gan roi cusan i Isabelle ar ei boch.

Gadawodd Luc y gwesty yn dal hances i'w ben. Wrth ei weld yn gadael aeth Marie-Louise yn ôl at Göring i gymdeithasu.

Gwyliodd Isabelle yn amyneddgar wrth i Ulrich a'i ffrindiau yfed gwydraid ar ôl gwydraid o gwrw. Byddai angen iddo fynd i'r toiled cyn bo hir, doedd bosib. Gwir y gair, a phan gododd Ulrich ac anelu am y toiledau, dilynodd Isabelle. Erbyn iddi gyrraedd yr ystafell ymolchi grand roedd Ulrich Frank wedi mynd i mewn i fwth ac wedi cloi'r drws. Roedd dyn arall yno, yn golchi ei ddwylo. Gwenodd Isabelle ac egluro bod toiledau'r merched wedi cau. Aeth y dyn allan ac fe glosiodd Isabelle at ddrws y tŷ bach lle'r eisteddai Ulrich. Tynnodd y pistol o'i bag yn araf a thawel. Clywodd y dŵr yn llifo. Daeth sŵn y follt, ac agorodd y drws.

Safai Isabelle o'i flaen yn pwyntio gwn tuag ato. Rhewodd Ulrich mewn sioc, gan sylweddoli ei fod yn agos at dynnu ei anadl olaf. Cododd ei law yn reddfol a cheisio ffurfio geiriau'n gyflym er mwyn rhesymu â'r ymosodwr, ond roedd Isabelle ar frys. Saethodd Ulrich ynghanol ei dalcen cyn iddo gael cyfle i symud. Syrthiodd yn ddiymadferth o'i blaen a chamodd Isabelle i'r naill ochr er mwyn osgoi corff mawr y cawr. Dechreuodd y gwaed ledu ar hyd y carped gwyn.

Rhoddodd y gwn yn ôl yn ei bag. Edrychodd yn y drych. Roedd hi'n crynu fel deilen. Cymerodd ychydig eiliadau i ddod ati hi ei hun ac yna rhuthrodd am y drws. Doedd neb yn y bar prysur wedi clywed sŵn y gwn yn tanio. Er gwaethaf ei gweithred arswydus teimlai fel Ffrances unwaith eto. Cerddodd yn bwrpasol oddi yno ac yn syth am yr allanfa dân.

15
Y llythyr

EISTEDDAI JEANNE A Serge gyferbyn â'i gilydd yn y Café Rouge. Ar ôl gorffen gweini cinio a throi'r arwydd ar y drws i ddynodi eu bod ar gau, roedd hi'n arferiad ganddynt gymryd eu tro yn paratoi cinio i'w gilydd a chael sgwrs waraidd cyn mynd yn ôl ati i baratoi bwyd gogyfer â'r nos. Yn y gegin yn paratoi'r llysiau roedd Ricard ac yn y pwt o ardd yng nghefn y caffi roedd Mireille yn chwarae gêm gyda'i ffrindiau dychmygol. Roedd ei thedi yn ganolbwynt i ryw drybini mawr unwaith eto.

Roedd Serge a Jeanne ar fin mwynhau platiaid o domatos ffres a chaws ar fara a salad pan glywodd Jeanne y post yn syrthio ar y carped y tu ôl iddi ac fe aeth i'w gasglu. Roedd y llythyr wedi'i gyfeirio ati hi gyda marc post Paris ar yr amlen. Agorodd yr amlen ychydig yn betrusgar.

Annwyl Jeanne,

Yn anffodus, newyddion drwg iawn sydd gen i i'w rhannu. Bu farw fy nhad, Gustave, ac yn fuan ar ôl hynny bu farw Lucie ei wraig hefyd. Mae hyn yn newyddion trist iawn i ni i gyd, yn enwedig Mireille. Ar yr un pryd, dwi'n gwybod nad oes gwell lle iddi na gyda chi yn Vannes.

Mae fy nyled i chi'n fawr. Mi wn y gwnewch chi ei charu a'i magu fel eich plentyn eich hun. Rhyw ddiwrnod, pan fydd hi'n ddiogel, mi fyddaf yn dod i ymweld â chi ac mae hi'n bur debyg y bydd gen i gwmni. Dwi wedi cyfarfod â rhywun arbennig iawn – ei henw yw Isabelle.

Yn ddiolchgar,
Luc Dorland

Rhoddodd Jeanne y llythyr ar y bwrdd a dechrau crio. Aeth Serge i nôl y llythyr a'i ddarllen, cyn rhoi ei fraich amdani i'w chysuro gan edrych drwy'r ffenest ar y ferch fach ddiniwed yn rhoi cerydd i'r tedi bêr am wneud rhyw ddrygioni. Daeth Ricard i mewn ac estynnodd Serge y llythyr iddo. Ar ôl ei ddarllen sychodd yntau ddeigryn ac ysgwyd ei ben yn dawel.

'Mae Luc yn iawn. Dyma'r lle gorau iddi.'

Edrychodd Jeanne arno trwy ei dagrau. 'Pwy sydd am ddweud wrthi?'

'Does dim rhaid dweud dim am y tro. Mi ddaw 'na gyfle, ymhen amser,' meddai Ricard ac estyn y llythyr yn ôl iddi.

Ysgydwodd Jeanne ei phen, gan gymryd y llythyr a'i roi yn ôl yn yr amlen.

16

Eglwys Schlosskirche yn Ellingen, Bafaria

CANOLBWYNT YR EGLWYS hynafol oedd yr organ enfawr a gyrhaeddai'r holl ffordd at y nenfwd uchel, ond doedd yr un nodyn wedi ei glywed ohoni ers tro. Yn yr eglwys hon y cadwai'r Almaenwyr gasgliad enfawr o drysorau cudd ac yn eu canol heddiw safai dyn byr a golwg brysur arno. Gwisgai Hildebrand Gurlitt sbectol fach gron, a daliai restr o holl eiddo'r eglwys yn ei law.

Ymgynghorydd celf Adolf Hitler oedd Hildebrand a gyrrwyd ef i'r hen eglwys er mwyn dewis anrheg addas ar gyfer Reinhard Heydrich, un o hoff swyddogion y Führer. Roedd newydd benodi Reinhard Heydrich yn Ddirprwy Amddiffynnydd Bohemia a Morafia ac roedd am roi darn o gelf iddo i'w longyfarch ar ei swydd newydd.

Cododd Hildebrand ei lawes ac edrych ar ei oriawr. Roedd hi'n bryd. Clywodd leisiau yn nesáu. Agorodd y drysau mawr a cherddodd Adolf Hitler i mewn gyda hanner dwsin o'i ffyddloniaid yn ei ddilyn fel cynffon. Doedd o ddim mewn hwyliau da ar ôl clywed y newyddion fod yr RAF wedi bod yn bomio Berlin yn ystod y nos.

Roedd Hildebrand wedi gosod nifer o ddarnau celf mewn rhes daclus. Gwyddai o brofiad fod plesio Hitler yn anodd. Aeth y Führer o un gwaith celf i'r llall yn araf ond doedd yr un o'r lluniau mawr mewn fframiau aur na'r cerfluniau marmor yn plesio.

'Nein... nein... nein.'

Aeth y geiriau drwy Hildebrand fel hoelion dur. Daeth Hitler at y darn olaf. Daliodd Hildebrand ei wynt. Roedd wedi gadael y gorau tan y diwedd ac wedi gosod ffidil hynafol yn ofalus er mwyn dal yr ychydig olau a daflai ffenestri llwm yr eglwys. Doedd dim angen i'r Führer wybod am gefndir y ffidil, a'r modd y cipiwyd hi gan filwyr yr Almaen o Amgueddfa Warsaw ychydig fisoedd ynghynt. Tybiai Hildebrand mai'r cyfan roedd angen i Hitler ei glywed oedd enw'r gwneuthurwr.

'Stradivarius – Chaconne,' meddai'n dawel yng nghlust Hitler.

Nodiodd Hitler cyn llongyfarch Hildebrand. Roedd o'n hapus gyda'r ffidil, a gwyddai fod Reinhard Heydrich yn hoff o gerddoriaeth.

'Sehr gut, sehr gut.'

17

Ymwelwyr annisgwyl
yn y Café Rouge

TEITHIAI HEYDRICH AR y ffordd i Lydaw yn ei gar milwrol
ac anrheg Hitler yn ddiogel wrth ei ochr. Ychydig a wyddai
Heydrich am hanes yr offeryn, fod y ffidil hynafol wedi ei chreu
gan ddwylo cariadus Antonio Stradivari mewn gweithdy ar lawr
uchaf tŷ ar y Piazza San Domenico yn ninas Cremona ddau
gan mlynedd ynghynt. Roedd Antonio yn trin pob offeryn fel
petaent yn blant iddo. Yng ngolau cannwyll, yn ei weithdy,
edrychai am berffeithrwydd bob tro. Erbyn iddo orffen yr
offeryn arbennig hwn roedd Antonio'n heneiddio, ei wyneb yn
hir a main, a'i wallt gwyn a thenau i lawr at ei goler. Ei glyw
ddioddefodd gyntaf, wedyn ei olwg, ac yna fe aeth y dwylo i
grynu.

Am flynyddoedd bu'n gwarchod cyfrinachau ei grefft.
Antonio oedd gwneuthurwr ffidlau mwyaf talentog y byd. Roedd
cenfigen ymysg y crefftwyr eraill a gyrrwyd rhai i dorri i mewn
i'r tŷ ar y Piazza San Domenico. Aethant drwy ei holl eiddo i
geisio dod o hyd i'r gyfrinach ond gadael yn waglaw wnaeth pob
un. Roedd cyfrinachau'r Stradivarius i gyd ym mhen Antonio
Stradivari ac yno y byddent am byth.

Un nodwedd o'i lwyddiant oedd ei berthynas agos â'r
fferyllydd lleol. Deuai yntau i'r gweithdy yn wythnosol gyda
chyflenwad o'r cemegau angenrheidiol – boracs, fflworid,
cromiwm a halwynau haearn – ar gyfer trin y pren. Roedd
y rysáit ar gyfer creu'r farnais a roddai'r lliw melyn unigryw

i'r offeryn yn gyfrinach hefyd. Wedi iddo lunio'r Chaconne, arwyddodd y pren â'i farc unigryw ef ei hun. Bu'n rhaid iddo ddefnyddio ei law chwith er mwyn cadw ei law dde yn ddigon llonydd i ysgrifennu. Ar ôl hynny, rhoddodd y Chaconne i'w brentis ifanc er mwyn iddo yntau ei glanhau a'i chael yn barod ar gyfer y prynwr.

Ymhen amser prynwyd y ffidil gan Charles Philippe Lafont, cerddor enwog o Baris a aeth ymlaen i'w chwarae drwy gydol ei oes. Yn dilyn ei farwolaeth, gwerthwyd hi i ddiwydiannwr ariannog o Wlad Pwyl, ac ar ôl iddo yntau farw gadawodd yr offeryn yn ei ewyllys i'r Amgueddfa Genedlaethol yn Warsaw. Yn 1939, dyrnodd tanciau'r Almaen drwy strydoedd Warsaw ac fe ddaeth y milwyr ar eu holau gan gasglu holl gyfoeth a thrysorau'r ddinas yn eu sgil.

Felly, heno, ar ôl dau gan mlynedd o daith, roedd y ffidil yn eistedd yn daclus yng nghôl y Natsi ac ar fin cyrraedd y Café Rouge.

*

Ar ôl cyrraedd y Café Rouge camodd Heydrich ac Almaenwr dieithr allan o'r car mawr – roedd y ddau yn eu lifrai milwrol crandiaf. Drwy ffenest y Café syllodd Ricard yn gegagored ar y cerbydau milwrol.

'Ydan ni'n disgwyl Almaenwyr heno?' holodd yn uchel dros ei ysgwydd wrth i'r ddau filwr nesáu.

'Na,' atebodd Jeanne ar ôl edrych yn y dyddiadur rhag ofn.

'Mae gan Heydrich ffrind newydd. Mae'n rhaid eu bod nhw wedi cael gwared ar Hermann,' dywedodd Jeanne.

Müller oedd enw'r swyddog newydd, dyn bach moel â golwg slei fel wenci arno. Agorodd Müller y drysau i'w feistr a brasgamodd Heydrich i mewn gyda ffidil yn ei law a gwên fawr falch ar ei wyneb.

'Bwrdd i dri,' mynnodd Heydrich er mai dim ond

dau ohonynt oedd yno. 'Fy ffidil newydd... Stradivarius,' cyhoeddodd yn falch.

Rhyfeddodd Ricard at brydferthwch unigryw yr offeryn prin.

'Gwych iawn. Sut y daethoch chi'n berchen ar offeryn mor brydferth?' holodd Ricard.

'Anrheg gan Adolf Hitler ei hun,' atebodd Heydrich gan osod y ffidil i lawr ar y bwrdd yn llawer rhy galed wrth fodd Ricard. Doedd gan yr Almaenwr ddim syniad sut roedd parchu offeryn a ddyddiai yn ôl i'r ddeunawfed ganrif.

'Heno 'dan ni'n dathlu!' cyhoeddodd Heydrich wrth dynnu ei gôt a'i het a'u rhoi ym mreichiau Ricard. Tawelodd y sgyrsiau ar y byrddau eraill i wrando ar y cyhoeddiad.

'Dathlu swydd newydd. Pennaeth Bohemia!' dywedodd Müller gan ymffrostio yn llwyddiant ei bennaeth.

'Dirprwy Amddiffynnydd Bohemia a Morafia, i fod yn gywir,' cywirodd Heydrich ei gyd-Almaenwr.

'Llongyfarchiadau. Ydach chi'n mynd yno i fyw?' holodd Ricard.

'Yndw. Tŷ bendigedig ger Prag,' atebodd Heydrich.

'Mae ganddo Mercedes newydd hefyd,' ychwanegodd Müller mewn ymgais arall i ganmol ei bennaeth.

Roedd gwybodaeth Müller yn anghyflawn unwaith eto. 'Mercedes Convertible. 'Dach chi'n gwybod dim am geir, Müller,' dywedodd Heydrich wrth bori drwy'r fwydlen am win coch.

Cofiodd Ricard eu bod wedi archebu bwrdd i dri. 'Pwy arall sy'n ymuno â chi heno?' gofynnodd.

Ar ôl cyffwrdd ei drwyn i awgrymu cyfrinach, atebodd Heydrich, 'Gewch chi weld. Dyn pwysig iawn. I ddweud y gwir, mae Müller ar ei ffordd i'w nôl o o'r orsaf.'

Wrth glywed y gorchymyn, aeth Müller yn ufudd a gadael Heydrich ar ei ben ei hun. Ar ôl cymryd yr archeb aeth Ricard i nôl y gwin. Dychmygodd weld Adolf Hitler ei hun yn dod drwy'r drysau. Ychydig a wyddai Ricard y byddai'n well ganddo hynny na'r dyn oedd ar ei ffordd i'r Café Rouge y foment honno.

Daeth Ricard yn ôl o'r seler â photelaid o Château Margaux yn ei law. Blasodd Heydrich y gwin a dweud, 'Perffaith.'

Ymhen rhai munudau daeth Müller yn ei ôl gyda'r gwestai, a ffotograffydd eiddgar wrth eu cynffon, er mwyn cofnodi'r noson yn swyddogol. Adnabu Ricard y gwestai newydd yn syth. Daeth yr atgof yn ôl fel fflach, er bod dwy flynedd ers i'w llwybrau groesi. Roedd ychydig yn deneuach, efallai, ond doedd dim amheuaeth nad yr enwog Johann Esser o Gerddorfa Ffilharmonig Berlin oedd y gwestai arbennig.

Aeth Johann yn syth at Heydrich, a chododd yntau gan wneud sioe fawr o'i groesawu. Dangosodd Heydrich ei ffidil newydd iddo a setlodd yr Almaenwyr i lawr i siarad. Ceisiodd Ricard osgoi'r gwestai newydd a mynd i'r gegin i guddio ond galwodd Müller arno i ddod yn ôl. Cerddodd Ricard at y bwrdd gyda gwên, er bod ei galon yn curo'n galed.

'Dyma Johann Esser. Ydach chi wedi clywed amdano? Mae o'n enwog. Johann, mae Ricard yn chwarae'r ffidil hefyd,' cyhoeddodd Müller.

'Dwi wedi clywed yr enw. Pleser cyfarfod â chi,' atebodd Ricard a chynnig ei law.

Syllodd Esser arno am sawl eiliad cyn ateb. ''Dach chi'n edrych yn gyfarwydd, rywsut. Dwi'n siŵr ein bod ni wedi cwrdd yn rhywle,' meddai wrth ysgwyd ei law.

'Na, dwi ddim yn credu... Mwy o win?' holodd Ricard wrth geisio newid y pwnc.

Doedd Esser ddim am adael y mater. 'Na, mae gen i gof da am wynebau. Mi gofiaf mewn munud. Ydach chi'n chwarae'r ffidil? Ble fuoch chi'n astudio?' gofynnodd.

'Ydw, ond wedi dysgu fy hun. Dwi ddim yn ffidlwr da iawn. Ydych chi'n barod i archebu bwyd?' holodd Ricard.

'Cyn archebu, beth am lun?' awgrymodd Heydrich yn

frwdfrydig. 'Llun o'r tri feiolinydd gyda'i gilydd,' mynnodd a gwahodd Ricard a Johann i sefyll y naill ochr iddo ar gyfer y lluniau swyddogol.

Ar ôl iddynt ddewis o'r fwydlen aeth Ricard yn gyflym i'w ystafell wely i nôl ei bistol Luger. Cuddiodd y gwn yng nghefn ei drowsus cyn mynd yn ôl i weini. Gwyddai fod ei fywyd yn y fantol pe bai Esser yn digwydd cofio a dweud wrth y ddau filwr mai Prydeiniwr ydoedd.

Ar ôl gorffen bwyta cyhoeddodd Heydrich wrth bawb yn y bwyty fod yr enwog Johann Esser am chwarae 'Flight of the Bumblebee', ac am geisio torri ei record byd ei hun.

'Ers pryd mae'r record yn sefyll, Johann?' gofynnodd Heydrich yn uchel er mwyn i bawb ei glywed.

'Ers 1939. Yn y Proms yn Llundain. Un funud a thair eiliad ar ddeg,' atebodd ac ar ôl dweud y geiriau edrychodd yn syth i gyfeiriad Ricard. Roedd o wedi cofio popeth yn ystod yr eiliad honno.

Aeth llaw Ricard y tu ôl i'w gefn er mwyn bod yn barod i dynnu'r gwn. Doedd ganddo ddim ffrae â Johann Esser, felly y ddau Almaenwr arall fyddai'n ei chael hi gyntaf. Roedd y milwyr arfog y tu allan yn fater arall ond y cyfan oedd ar feddwl Ricard y foment honno oedd delio â'r ddau filwr o'i flaen.

'Barod?' gwaeddodd Müller gyda watsh amseru yn ei law.

Aeth llaw Johann at ei foch a chyffwrdd â'r graith lle bu'r cancr. Gwyliai Ricard bob symudiad. Ar ôl cyffwrdd ei foch llifodd yr atgofion yn ôl i Johann. Cofiodd ennill y gystadleuaeth a rhoi'r decpunt o wobr yn ôl i'r Prydeiniwr. Cofiodd y cyngor am ei gyflwr. Cofiodd yr wythnosau o driniaeth boenus yn yr ysbyty i ladd y cancr. Oedd, roedd y dyn yma wedi arbed ei fywyd. Gwenodd Johann, gyda'r diolch yn amlwg yn ei lygaid. Anadlodd Ricard ochenaid o ryddhad a thynnu ei law oddi ar y gwn y tu ôl i'w gefn.

Dechreuodd Johann chwarae'r darn yn egnïol a dyrnu drwyddo'n gryf cyn taro'r nodyn olaf yn drydanol er mawr foddhad i'r gynulleidfa fach. Cododd pawb ar eu traed a chymeradwyo.

'Un funud a deuddeg eiliad. Record newydd!' gwaeddodd Müller.

Cyn i Heydrich gael cyfle i'w longyfarch agorodd drws y bwyty a daeth dau filwr i mewn yn gwthio bachgen lleol o'u blaenau. Er gwaethaf darlith ei dad am y peryglon roedd André Roussel, mab y glanhawr esgidiau, wedi bod yn peintio sloganau gwrth-Almaenig ar hyd y dref unwaith eto. Yn waeth na hynny, roedd o wedi mentro'r noson honno i beintio ar fonet car Heydrich a chael ei ddal gyda'r brwsh yn ei law. Roedd Heydrich yn gandryll.

'Ewch i nôl y rhaff!' gorchmynnodd Heydrich yn uchel.

Aeth pawb yn y Café Rouge yn dawel.

Fel petai'n orchwyl beunyddiol, aeth un milwr i nôl rhaff. Byddai Heydrich wastad yn cario sawl rhaff yng nghist ei gar, rhag ofn. Ar ôl ei hestyn, lluchiodd y milwr y rhaff dros bolyn lamp o flaen y Café Rouge a'i thynnu, yn barod ar gyfer crogi'r bachgen. Bonclust roedd André wedi'i ddisgwyl yn gosb. Ond pan welodd y rhaff dechreuodd grio'n afreolus. Clymodd milwr arall ei ddwylo y tu ôl i'w gefn a'i arwain allan. Tynnodd Jeanne ar lawes Heydrich wrth iddo basio a phledio arno. Dim ond plentyn oedd André, roedd o'n haeddu ail gyfle, ond chymerai Heydrich ddim sylw.

'Crogwch o!' gwaeddodd yn benderfynol wrth gerdded draw er mwyn goruchwylio'r weithred.

Aeth y rhaff am wddf y bachgen. Tynnodd un o'r milwyr ar y rhaff a'i godi ar flaenau ei draed. Daeth Johann Esser allan i bledio gyda Heydrich.

'Arhoswch funud, Reinhard.'

Roedd Heydrich wedi syrffedu clywed y lleisiau yn pledio

am fywydau. Yng Ngwlad Pwyl byddai rhywun wrthi drwy'r amser ac roedd o wedi clywed pob esgus posibl.

'Na, cadwch allan o hyn, Johann. Mae'n rhaid cosbi ymddygiad fel hyn. Mae'r ymosodiad ar y car fel ymosodiad ar Adolf Hitler ei hun. Crogwch o. Mi fydd hyn yn rhybudd i bawb.'

Dechreuodd y milwr dynnu'r rhaff a chodi'r bachgen. Trodd wyneb André yn welw gan ofn.

Parhaodd Johann i bledio. 'Wnewch chi adael i'r Ffrancwr chwarae'r ffidil am fywyd y bachgen? Pwy sydd gyflyma? Ffrainc yn erbyn yr Almaen?'

Gobeithiai Johann y byddai hyn yn apelio at yr Almaenwr.

'Stop!' gorchmynnodd Heydrich a chodi ei law.

Llaciodd y rhaff a syrthiodd André yn fwndel i'r llawr gan besychu am wynt.

Trodd Heydrich at Johann a chwerthin. ''Dach chi'n meddwl bod siawns gan y ffidlwr bach syml yna?'

'Beth am weld?' meddai Johann, gan roi ei fraich allan i awgrymu y dylsai pawb fynd yn ôl i mewn i'r bwyty ar gyfer y sialens.

Chwarddodd Heydrich a gweiddi'n uchel, 'Os medr y bachgen lleol guro Johann Esser mi gaiff y bachgen ffôl fyw. Ond yn y cyfamser caiff o aros ar y rhaff.'

Yn y Café Rouge roedd y ciniawyr wedi dychryn ar ôl gwylio'r fath erchyllterau ac wedi dechrau codi a throi am y drws

'Peidiwch â mynd, bobol!' gwaeddodd Heydrich. 'Be sy'n bod? 'Dach chi erioed wedi gweld cyfiawnder o'r blaen? Arhoswch... mwynhewch. Wnaiff o *byth* dy guro di,' meddai, a tharo Esser yn chwareus ar ei gefn wrth basio a mynd yn ôl i'w gadair, a mynnu bod pawb arall yn gwneud yr un peth.

Johann Esser oedd yr unig un yn yr ystafell a wyddai'r gwirionedd am allu Ricard i chwarae'r darn. Cychwynnodd Müller y watsh amseru. Trawodd Ricard y nodyn cyntaf yn drydanol. Saethodd y nodau o'i fysedd wrth iddo rwygo'i ffordd drwy'r darn yn egnïol. Diflannodd y wên o wyneb Heydrich. Roedd Esser yn chwarae'r darn yn ei feddwl ac yn annog pob nodyn. Hanner ffordd drwy'r darn gwyddai fod Ricard hanner curiad ar ei ôl ac mewn peryg o golli. Trawodd Ricard y nodyn olaf. Edrychodd pawb ar Heydrich. Edrychodd yntau ar Müller.

'Un funud ac un ar ddeg eiliad!' dywedodd Müller yn syn.

Mynnodd Heydrich edrych ar y watsh amseru er mwyn gwneud yn siŵr.

Syrthiodd distawrwydd llethol ar y Café Rouge a phob llygad ar y ddau Almaenwr. Cochodd Heydrich at fôn ei glustiau. Rhyddhawyd André gan y milwr, a rhoddodd yntau gic yn ei gam a dianc o'r golwg mewn fflach fel pysgodyn o enau rhwyd.

'Rhaid dathlu'r record newydd,' cyhoeddodd Esser.

Bu'r cyfan yn ormod i Heydrich. Heb ddweud gair, casglodd ei het a'i gôt a throdd am y car mawr y tu allan.

18
Aston Abbotts,
Swydd Buckingham

R OEDD CAR MAWR du swyddogol yr SOE yn gwau ei ffordd fin nos drwy lonydd cefn Swydd Buckingham ac yn nesáu at hen blasty mewn ardal anghysbell. Yn yr adeilad hwn roedd Llysgenhadaeth Tsiecoslofacia ym Mhrydain a chartref y Prif Weinidog a'i lywodraeth alltud. Yn y car eisteddai Bryn Williams o'r SOE ac wrth ei ymyl eisteddai dau filwr ifanc, Jozef Gabčík ac Jan Kubiš.

Ar y pryd roedd Llundain yn llawn llywodraethau alltud y cyfandir ac roedd Bryn wedi ymweld â nhw i gyd yn eu tro. Yn Stratton House, Piccadilly roedd llywodraeth yr Iseldiroedd, yn Eaton Square roedd llywodraeth Gwlad Belg, yn Wilton Crescent roedd Luxembourg ac yn Carlton Gardens roedd Charles de Gaulle a'i lywodraeth yntau. Ond yn wahanol i'r rhain roedd angen gwneud trip i'r wlad i gyfarfod â llywodraeth Tsiecoslofacia. Dyma'r llywodraeth gyntaf i ymsefydlu yn Lloegr wedi cwymp y wlad, ac o edrych ar y lleoliad a phrydferthwch yr ardal, roedden nhw wedi gwneud eu hunain yn gartrefol iawn.

Er bod pentref cysglyd Aston Abbotts yn anghysbell roedd yn rhaid i Bryn gyfaddef mai dyma'r lleoliad gorau os oedd rhywun am oroesi. Lle da i guddio rhag bwled asasin a bomiau'r Blitz, meddyliodd, wrth i'r car arafu a throi oddi ar y briffordd.

Safai tri o ddynion arfog wrth y giât ac arafodd y car cyn dod i stop o'u blaenau. Edrychodd y tri i mewn i'r car a chwifio fflachlamp fawr er mwyn gweld yn well. Gorffwysodd y golau

ar wyneb Bryn. Cododd yntau ei law rhag cryfder y golau ac ar
ôl i'r dynion gael eu bodloni, gyrrodd y car ar hyd y lôn at y tŷ.

Roedd Bryn wedi dod â Jozef Gabčík ac Jan Kubiš er mwyn eu
cyflwyno i Dr Edvard Beneš, y Prif Weinidog. Roedd cynllun
ar y gweill rhwng yr SOE a llywodraeth Tsiecoslofacia i ladd
Reinhard Heydrich.

Ar ôl parcio'r car trodd y tri am y drws mawr derw. Roedd
Edvard Táborský, Ysgrifennydd y Prif Weinidog, wrth y drws yn
aros amdanynt ac yn barod iawn ei groeso. Dyma'r tro cyntaf i
swyddog o'r SOE ddod i'r guddfan hon ynghanol y wlad. Roedd
y Prif Weinidog, Edvard Beneš, dyn golygus a chlên yr olwg, yn
sefyll o flaen tanllwyth o dân yn y lolfa. Daeth y bwtler â the a
theisennau a'u gadael ar fwrdd ynghanol yr ystafell. Arhosodd
Jozef Gabčík ac Jan Kubiš yn y neuadd y tu allan i'r ystafell ac
aeth Bryn i mewn i gyfarch y Prif Weinidog. Ar ôl cymryd paned
eglurodd Bryn bwrpas ei ymweliad wrth y Prif Weinidog a'i
Ysgrifennydd.

'Operation Anthropoid – dyna'r enw cod ar y dasg.'

''Dach chi'n hoffi'ch enwau cod yn yr SOE, yn dydach?'
meddai'r Prif Weinidog wrth droi ei de gyda gwên bryfoclyd.
Roedd Beneš yn uchel ei barch ymysg gwleidyddion Ewrop
oherwydd cynhesrwydd ei gymeriad.

'Yndan, digon gwir,' gwenodd Bryn. 'A siarad yn blaen, 'dan
ni'n gwybod mai pwrpas fy ymweliad yma heno yw cwblhau'r
drafodaeth am Reinhard Heydrich.'

'*Lladd* Reinhard Heydrich 'dach chi'n feddwl,' dywedodd y
Prif Weinidog â chasineb sydyn yn nhôn ei lais.

'Ia, *rhoi terfyn* arno.'

Gwenodd Bryn, gan osgoi'r gair 'lladd'. Hoffai swyddogion yr
SOE siarad mewn termau felly.

'Cytuno. Ac mae angen i ni fwrw ymlaen â'n cynllun cyn
gynted ag y bo modd. Mi roddodd Heydrich orchymyn i
lofruddio cant o bobol ar ei ddiwrnod cyntaf yn y gwaith yn fy

ngwlad,' dywedodd y Prif Weinidog gan ysgwyd ei ben mewn anobaith.

Aeth Bryn at y drws a galw'r ddau filwr i mewn.

'Ga i eich cyflwyno chi i'r ddau filwr yma, Brif Weinidog? Jozef Gabčík ac Jan Kubiš. Maen nhw wedi cwblhau eu hyfforddiant gyda ni yn yr SOE. Maen nhw'n filwyr gwych iawn. Nhw fydd yn mynd i Brag ar ein rhan i gwblhau'r dasg.'

Cododd y Prif Weinidog a'u cyfarch yn wresog. Eisteddodd y ddau â phaneidiau o de o'u blaenau gan edrych allan o le yng nghrandrwydd y plasty. Agorodd yr Ysgrifennydd Personol ffeil, er mwyn rhannu'r wybodaeth gyda'r gwesteion.

'Yn ôl ein ffynonellau mae Heydrich yn byw ychydig filltiroedd y tu allan i Brag mewn pentref o'r enw Panenské Břežany. Mae wedi cael ei weld yn gyrru o gwmpas yr ardal heb fawr o gefnogaeth filwrol.'

Estynnodd yr Ysgrifennydd ddarn o bapur a map i Bryn. Plygodd yntau'r papurau a'u rhoi ym mhoced ei siaced.

'Diolch. Gwybodaeth ddefnyddiol iawn. Cyn i ni fynd, gadewch i mi eich sicrhau y byddwn ni'n gwneud popeth o fewn ein gallu i ddod â gweithredoedd gwaedlyd Heydrich i ben. Mi fyddwn ni'n arfogi'r ddau yma â phob dim y bydd ei angen arnyn nhw. Gobeithio y gallaf ddod yn ôl yma ymhen amser gyda newyddion da am eu llwyddiant.'

RHAN 3

1
Berlin, gwanwyn 1942

ROEDD BERLIN WEDI goroesi gaeaf annioddefol arall. Chwythai gwyntoedd oer y dwyrain yn ddidrugaredd a threiddio at yr asgwrn fel crafanc trwy gnawd. Bu'n bwrw eira'n ddigyfaddawd am ugain niwrnod yn olynol a phlymiodd y tymheredd i ugain gradd o dan y rhewbwynt.

O'r tu allan, edrychai rhif 136, Uhlandstrasse, Berlin, fel unrhyw adeilad arall yn y ddinas. Doedd dim byd anghyffredin am yr adeilad hynafol a chymerai'r trigolion lleol fawr o sylw o'r gweithwyr oedd yn mynd a dod yn ddyddiol drwy'r drysau mawr. Dim ond y dethol rai a wyddai mai rhif 136 oedd cartref cwmni Heimsoeth und Rinke, y cwmni a gynhyrchai'r peiriannau Enigma.

Roedd heddiw'n ddiwrnod mawr i Reinhold Schiele, un o brif gynllunwyr y cwmni. Safai yng nghefn yr adeilad a gwyliai'r stryd islaw fel barcud. Arhosai am yr arwydd i weithredu. Cuddiai ffeil o dan ei gôt law – ffeil yn llawn deiagramau, dogfennau a nodiadau, a ffeithiau. Yn ôl y trefniant, disgwyliai i Wilhelm Canaris ymddangos ar gornel y stryd gyferbyn. Gobeithiai Schiele sleifio allan heb yn wybod i'w gyd-weithwyr a throsglwyddo'r ffeil iddo. Roedd Odin, ei negesydd, am ddechrau'r daith i Ffrainc yn syth ar ôl derbyn y pecyn y bore hwnnw.

Edrychodd ar ei oriawr – deg o'r gloch. Roedd yr amser y cytunwyd arno wedi pasio, a doedd dim sôn am Canaris. Daeth pang o euogrwydd drosto. Beth petai'n cael ei ddal? Gwyddai Schiele fod Hitler yn hoff o gosbi bradwyr drwy grogi. Nid crogi ar raff gyffredin ond ar weiar biano. Yn ôl y sôn, deuai Hitler yno'n bersonol i oruchwylio hynny. Torri drwy'r cnawd yn araf bach wnâi weiren biano. Ffordd erchyll o farw. Ceisiodd wthio'r ofn o'r neilltu. Na, doedd dim troi'n ôl. Roedd Schiele wedi clywed mwy na digon am erchyllterau'r Natsïaid. Wilhelm Canaris oedd yn iawn; doedd Schiele ddim am fyw mewn Almaen o dan reolaeth y Natsïaid.

Yna, ymddangosodd dyn ar y gornel. Gwisgai siwt lwyd a het Homburg am ei ben. Edrychai Canaris yn hollol wahanol heb ei lifrai milwrol arferol. Teimlai Schiele ei galon yn curo'n galetach wrth fynd am y drws. Dyma'r foment, dyma'r awr.

*

Mewn ardal arall yn Berlin cerddodd Arnold Klamer i'w waith ac i mewn i adcilad rhif 76 ar stryd Tirpitzufer. O'r tu allan edrychai fel unrhyw swyddfa weinyddol arall ond dyma ganolfan cyfrinachau mwyaf Berlin. Dyma bencadlys yr Abwehr, neu Bletchley Park yr Almaen.

Bob bore, drwy'r drysau mawr derw, deuai'r staff at eu desgiau, yn ufudd fel gweision sifil ac yn drefnus fel morgrug at eu tasgau. Mewn coler a thei ac yn debycach i gynulleidfa capel na milwyr, y rhain oedd byddin gudd yr Almaen, yn datrys y dirgelion a datgloi'r cyfrinachau. Arnold Klamer oedd seren yr Abwehr, y disgleiriaf a'r mwyaf cyfrwys a chraff ohonynt i gyd. Arbenigedd Klamer oedd darllen a dadansoddi papurau newydd y gelyn. Chwiliai am wybodaeth ddefnyddiol ac ambell dro buasai'n ddigon craff i ddarganfod neges gudd ymysg y geiriau. O ganlyniad i'w waith dyddiol datblygodd wybodaeth gynhwysfawr am bapurau newydd Prydain.

Roedd Klamer wedi prynu'r papur *Der Stürmer* ar ei ffordd i'r gwaith ac wedi cerdded a darllen yr un pryd ar hyd y daith yno. Ar yr ail dudalen roedd erthygl a lluniau yn clodfori penodiad Heydrich yn Ddirprwy Amddiffynnydd Bohemia a Morafia ac yn sôn am ei gariad tuag at gerddoriaeth. Yn un o'r lluniau roedd Hitler yn cyflwyno ffidil i Heydrich ac mewn llun arall roedd Heydrich yn sefyll nesaf at Johann Esser a dyn ifanc a chanddo fop o wallt du. Yn ôl y papur newydd, enw'r cerddor ifanc oedd Ricard Baudoin o'r Café Rouge yn Vannes.

I Klamer roedd rhywbeth od am y llun, er nad oedd yn siŵr beth yn union chwaith. Doedd Klamer erioed wedi cymryd fawr o sylw o Heydrich o'r blaen, dyn digon anniddorol ar y cyfan, ond roedd rhywbeth am y llun yn ei boeni. Gwawriodd arno fod y dyn ifanc yn edrych yn gyfarwydd.

Cyrhaeddodd Klamer ei waith, plygodd ei bapur newydd o dan ei fraich, tynnu ei het a gwenu ar y derbynnydd benywaidd ifanc. Ar ôl cyrraedd ei ddesg, tynnodd ei siaced a'i gosod ar gefn ei gadair yn ôl ei arfer. Ond yn hytrach nag eistedd i weithio aeth Klamer yn syth i'r archif yng ngwaelod yr adeilad. Roedd yn mwynhau'r wefr a gâi o fod ar drywydd dirgelwch. Roedd ganddo syniad go dda ble i chwilio. Ar ôl edrych drwy'r papurau newydd Prydeinig am dros awr daeth ar draws copi o'r *Times* yn dyddio yn ôl i 1939.

Aeth Klamer yn ôl i'r swyddfa a mynd â'r ddau bapur newydd yn syth at ei bennaeth, Wilhelm Canaris, yr 'Almaenwr da' yn ôl ei gyfeillion ond 'Natsi sâl' chwedl ei elynion. Sylwodd Klamer fod Canaris yn gwisgo siwt lwyd yn hytrach na'i lifrai milwrol arferol, ond doedd fawr o ddiddordeb ganddo mewn holi pam gan fod ganddo newyddion pwysig i'w bennaeth.

'Dwi newydd ddarganfod rhywbeth od am lun yn y *Der Stürmer* heddiw, llun a dynnwyd mewn bwyty o'r enw Café Rouge yn Vannes.'

Gwisgodd Canaris ei sbectol. Edrychodd ar y llun o Ricard, Johann a Heydrich. Roedd yr enw Café Rouge yn canu cloch. Wrth gwrs! Y Café Rouge oedd pen y daith i'r ffeil ddirgel roedd Canaris newydd ei throsglwyddo i Odin, ei negesydd.

Ceisiodd Canaris guddio'r pryder yn ei lais gyda jôc. 'Beth sydd mor od am y llun, Arnold? Y ffaith fod Reinhard Heydrich yn gwenu?'

Gwenodd Klamer yn gwrtais – doedd o wir ddim yn gwerthfawrogi jôcs ei bennaeth.

'Sylwch ar y cerddor ifanc wrth ei ochr. Yn ôl y papur, ei enw yw Ricard Baudoin.'

'Beth sydd mor arbennig am y dyn?' holodd Canaris.

Rhoddodd Klamer y *Times* o flaen ei bennaeth.

'Edrychwch ar y llun yma ym mhapur y *Times* o 1939, syr.'

Yn ôl yr erthygl roedd Johann Esser, prif feiolinydd Cerddorfa Ffilharmonig Berlin, wedi ennill cystadleuaeth yn y Proms yn Llundain. Nesaf ato safai cerddor arall o'r enw Ricard Stotzem. Roedd ganddo wallt du, a ffidil yn ei law.

'Dyma'n union yr un dyn eto, syr, yn Llundain. Ond Ricard Stotzem yw ei enw y tro hwn. Mae'n amlwg mai enw ffug yw Ricard Baudoin. Yn fy marn i, syr, mae o'n Brydeiniwr!' ychwanegodd Klamer.

Pendronodd Canaris uwchben y lluniau cyn tynnu ei sbectol a thynnu anadl ddofn wrth bwyso yn ôl yn ei gadair.

'Da iawn, Arnold. Gwaith arbennig ond mi gymeraf i'r awenau rŵan. Cofiwch fod yn rhaid i'r wybodaeth yma aros yn gyfrinachol. Dim ond rhyngon ni'n dau, 'dach chi'n cytuno?'

Styfnigodd Klamer gyda'i wyneb di-wên.

'Klamer, ydach chi'n cytuno?' holodd Canaris yr eildro, ei lais yn uwch y tro hwn.

'Syr, mae 'na frys. Efallai fod y dyn yma'n ysbïwr. Mae hi'n ddyletswydd arnom ni i hysbysu'r Gestapo...'

Gan fod Klamer mor benderfynol, gwyddai Canaris mai ofer fyddai ceisio ysgubo hyn o dan y carped.

'Chi sy'n iawn...' meddai. 'Mi drafodaf hyn gyda'r Gestapo yn ystod y dyddiau nesaf.'

Plygodd Canaris y papurau'n daclus a'u rhoi yn y bag lle cadwai ei bapurau pwysicaf.

'Syr, onid oes angen symud yn gynt na hynny rhag ofn i'r dyn ddianc?'

Gwyddai Canaris fod hysbysu'r Gestapo yn anorfod neu gallasai wynebu cyhuddiad o frad ei hun. Ond gan fod Odin eisoes wedi cychwyn ar y daith beryglus i Lydaw, y cyfan y gallai Canaris ei wneud oedd oedi rhag hysbysu'r Gestapo a cheisio rheoli brwdfrydedd Klamer yn y cyfamser.

'Mi drefnaf gyfarfod gyda'r Gestapo, peidiwch â phoeni, Arnold. Ac os 'dach chi'n iawn am y dyn yma, mi fydd 'na ddyrchafiad i chi.'

2
Yr ymwelydd unig

A M BUMP O'R gloch y prynhawn yng ngorsaf Vannes, camodd menyw oddi ar y trên a rhoi ei ches i lawr er mwyn codi ei choler rhag gwynt y môr. Gwisgai ffrog ffasiynol lliw sinamon o dan gôt ddu ac iddi goler minc. Holodd am gyfarwyddiadau i'r Café Rouge ac yna dechreuodd gerdded. Edrychai'n siomedig ar ôl gweld bod y caffi ar glo. Curodd ar y drws yn benderfynol. Camodd yn ôl ac edrych am arwydd o fywyd yn y ffenestri uwchben.

Roedd Serge, Jeanne a Ricard yn ei gwylio o'r tu ôl i'r llenni rhwyd yn y lolfa uwchben a Mireille yn brysur yn chwarac yn ei hystafell.

'Mae hi'n benderfynol,' meddai Serge.

'Gwell i ti fynd i weld beth mae hi eisiau,' dywedodd Jeanne.

Clywsant sŵn cerbyd yn nesáu. Ciliodd y fenyw i guddio y tu ôl i dalcen y caffi. Daeth lorri yn llawn milwyr Almaenig i'r golwg. Nid milwyr arferol y Wehrmacht oedd y rhain ond milwyr y Waffen-SS yn eu lifrai duon – dynion dienaid, angylion marwolaeth, wedi'u caledu gan gyfnodau yn Rwsia a Gwlad Pwyl lle bydden nhw'n saethu pobl ar y stryd heb rybudd na rheswm. Lladd pobl yn ddisymwth fel y byddai ffermwr yn lladd llygod mawr ar fuarth fferm.

Ar ôl i'r lorri fynd heibio daeth y fenyw allan a chnocio ar ddrws y caffi eto, a'r tro hwn agorodd Ricard y drws. Daeth y fenyw i mewn â chwmwl o bersawr drud ar ei hôl – arogl cyfoethog gellyg a fioled a oedai yn y ffroenau. Aeth Jeanne i nôl y botel frandi a'i holi wrth arllwys.

'Ga i ofyn pam 'dach chi yma yn Vannes?'

'Dwi wedi dod o Baris am noson neu ddwy. Dihangfa, i anadlu awyr y môr ac i wrando ar y gwylanod. Ydach chi'n gosod ystafelloedd yma?' holodd wrth dynnu ei menig hirion.

Doedd y Café Rouge ddim yn gosod ystafelloedd fel arfer gan fod cynnal bwyty yn ddigon o waith ynddo'i hun, ond penderfynodd Jeanne wneud eithriad gan fod y fenyw'n annwyl ac ar ei phen ei hun.

'Mae croeso i chi aros yma heno. Ga i holi'ch enw?'

'Madame Clenat. Oes modd i mi gael swper yn fy ystafell heno? Dwi wedi blino braidd ar ôl y daith o Baris,' holodd.

'Croeso, Madame Clenat. Daw Ricard â bwyd i chi – dim ond cig eidion sydd ar gael heno.'

'Perffaith.'

*

Roedd Madame Clenat wrth ei bodd â'i hystafell fach uwchben y Café Rouge. Agorodd y ffenest er mwyn mwynhau'r olygfa. Daeth arogl pur y môr i'w ffroenau. Caeodd ei llygaid, ac anadlu'r awyr hallt yn hir a thrwm. Clywodd gri ambell wylan yn y gwynt a chododd hynny ryw hiraeth arni, er nad oedd yn siŵr iawn am beth.

Doedd hi'n fawr o syndod ei bod yn mwynhau'r awyr iach. Ym Mharis roedd oglau pydredd ac esgeulustod yn drwm yn yr awyr. Ar bob stryd a chornel tyfai'r tomenni sbwriel yn ddyddiol ac o dan y ddinas gorlifai'r garthffosiaeth a chodai nwyon cryf y carthion i'r ffroenau. Ar y strydoedd, lle gynt bu rhwydwaith prysur o dramiau'n cludo'r trigolion o le i le, dim ond olion oedd yno bellach am fod traciau'r tramiau wedi cael eu rhwygo o'r ddaear gan yr Almaenwyr i'w toddi i gynhyrchu dur i greu arfau.

Caeodd y ffenest wrth deimlo'r oerfel. Am hanner awr wedi chwech daeth Ricard â'r swper a'i osod wrth ymyl y gwely.

'Diolch, Ricard,' meddai.

'Oes 'na unrhyw beth arall, Madame Clenat?'

'Oes, Ricard. Mae gen i rywbeth i'w ddangos i chi. Eisteddwch.'

Eisteddodd Ricard ar gornel y gwely er nad oedd yn siŵr pam.

''Dach chi wedi bod yn esgeulus, Ricard.'

Rhoddodd gopi o bapur newydd *Der Stürmer* o'i flaen. Edrychodd Ricard ar y llun ohono gyda Heydrich.

'Mae 'na lun arall ohonoch yn y *Times* yn 1939 o dan yr enw Ricard Stotzem, eich enw iawn. 'Dach chi wedi bod yn flêr, Ricard.'

Rhoddodd Ricard y papur newydd yn ôl iddi gydag un llaw a chyda'r llaw arall tynnodd ei bistol Luger o gefn ei drowsus a'i bygwth.

'I bwy 'dach chi'n gweithio?'

Taniodd hithau sigarét cyn ateb. 'Rhowch y gwn heibio. 'Dan ni ar yr un ochr. Fy enw i yw Halina Szymanska. Dwi hefyd yn defnyddio'r enw Odin.'

Syllodd Ricard arni'n hir cyn ymateb, 'Profwch hynny.'

'Mae'r amser am bethau felly wedi mynd heibio, Ricard, a chyn hir mi fydd y Gestapo yma.'

Aeth Ricard yn syth at y ffenest ac edrych allan. Roedd y strydoedd yn dawel. Dechreuodd ei feddwl rasio. Er mwyn dianc rhag y Gestapo byddai angen cwch Michel arno a gwyddai ei fod ar ei drip pysgota arferol am rai oriau eto.

'Pwyllwch, Ricard. Mae gen i ffrind dylanwadol sydd wedi atal y wybodaeth rhag y Gestapo am ychydig – fyddan nhw ddim yma am o leiaf ddiwrnod arall.'

Ymlaciodd Ricard a rhoi'r gwn heibio. Cofiodd eiriau Jeanne, 'Cofia amdanon ni. Cadwa ni'n saff, Ricard. Dyna'r cyfan dwi'n ofyn.'

'Beth am y teulu yma yn y Café Rouge? Os daw'r Gestapo, wnân nhw ddial ar y teulu am gynnig lloches i mi?'

'Peidiwch â phoeni, Ricard. Ar ôl i chi fynd mi drefnaf fod y teulu'n gadael yn ddiogel efo mi.'

Anadlodd Ricard ochenaid o ryddhad. 'Diolch byth am hynny. Beth am y ddogfen gyfrinachol?'

Aeth Halina i'w bag ac estyn ffeil lwyd, gyffredin iawn yr olwg, a llinyn o'i chwmpas a'i rhoi iddo.

'Dyma hi. Ewch â hi i Brydain heno.'

Tynnodd Ricard anadl ddofn wrth gymryd y ffeil werthfawr. Rhyfeddodd fod rhywbeth mor bwysig, y bu'n aros amdano cyhyd, yn gallu edrych mor ddi-nod yn ei law.

'Bydd rhaid i mi aros i'r cwch ddod yn ôl i'r porthladd, wedyn mi hwyliaf am Brydain. Mi fydd hi'n oriau mân y bore erbyn hynny.'

'Cofiwch un peth pwysig, Ricard. Oherwydd y llun yn y papur newydd mae'r Almaenwyr bellach yn gwybod amdanoch ac yn gwybod eich enw. Mi wnân nhw eich hela fel bleiddiaid, felly byddwch yn wyliadwrus.'

3
Yr wylan unig

Y NOSON HONNO roedd rhyw sŵn wedi deffro Jeanne ond doedd ganddi ddim syniad beth. Wrth ei hochr roedd Serge yn canu grwndi'n dawel trwy gornel ei geg. Roedd hi'n noson wyntog, a thaflai golau'r lleuad gysgodion hir fel ysbrydion ymhobman. Sylwodd fod y cloc wrth ei gwely yn dweud tri o'r gloch. Clywodd y sŵn unwaith eto, yn gliriach y tro hwn. Drws cefn y caffi'n clepian yn y gwynt. Roedd hi'n siŵr ei bod wedi'i gloi cyn mynd i'r gwely ond dechreuodd amau ei hun. Gwisgodd hen flanced dros ei hysgwyddau a phâr o esgidiau ac aeth am y grisiau. Penderfynodd beidio â chynnau'r golau rhag iddi ddeffro pawb arall. Aeth i lawr y grisiau yn bwyllog gan ddefnyddio'r ychydig olau naturiol i'w harwain.

Roedd y caffi'n oer a thawel a dim byd allan o'i le heblaw am glepian y drws. Aeth allan i'r nos lonydd. Roedd y strydoedd yn wag heb ddim ond sŵn ambell wylan yn y pellter i darfu ar y distawrwydd. Gan y byddai Serge a hithau'n codi'n fore er mwyn cyfarch ambell long bysgota a phrynu'r pysgod gorau, roedd Jeanne wedi hen arfer â llonyddwch yr oriau mân. Ond doedd ei meddwl hi ddim ar bysgod wrth iddi ymlwybro tuag at y cei. Gwyddai o'r cychwyn bron bod rhywbeth gwahanol am Ricard, y dyn ifanc oedd wedi dod yn rhan mor bwysig o'u bywydau.

I lawr wrth y cei roedd y cychod pysgota yn codi a gostwng gyda'r tonnau ac yn tynnu ar y rhaffau yn rhesi taclus. Yr unig arwydd o fywyd oedd yr wylan unig yn hofran uwch ei phen. Gwyliodd wrth i'r aderyn droi a hedfan allan i gyfeiriad y môr agored gan alw'n uchel wrth fynd. Gwelodd yr wylan yn dilyn cwch pysgota wrth iddo hwylio am y môr agored. Rhedodd Jeanne ar hyd y cei gan neidio dros raffau'r badau wrth wneud. Erbyn iddi gyrraedd pen draw'r harbwr roedd hi'n anadlu'n drwm ac roedd y cwch dros ganllath i ffwrdd. Roedd dyn yn sefyll yng nghefn y cwch, yn edrych yn ôl i'w chyfeiriad.

Gwaeddodd ei enw ar dop ei llais, 'Ricard!'

Cododd yntau ei law arni. Safodd Jeanne a gwylio'r cwch yn mynd o don i don, yn llai ac yn llai. Gwyliodd nes i'r cwch ddiflannu dros y gorwel gan sychu dagrau o'i boch. Dechreuodd oeri. Tynnodd y blanced yn dynnach amdani a cherdded am adre.

4

Yn ôl ym Mhrydain

CAMODD RICARD O'R cwch ar ôl glanio gyda'r wawr yn Portsmouth gyda'r ffeil werthfawr o dan ei fraich. Derbyniodd groeso traddodiadol y porthladd. 'Looking for a good time, love?' holodd putain ganol oed. Gwrthododd Ricard hi'n serchog. 'Where are you from, love?' holodd eto. Cyn i Ricard gael cyfle i'w hateb, daeth Bryn Williams i'r golwg a chasglu'r ffeil ganddo. Roedd gwên lydan ar ei wyneb a thocyn trên ar gyfer y daith o Portsmouth i Fae Colwyn yn ei boced. O'r diwedd, roedd Ricard ar ei ffordd adre.

*

Ym Mhrag eisteddai Reinhard Heydrich yng nghefn ei gar yn teimlo'n hunanbwysig; yn wir, teimlai fel ymerawdwr Rhufeinig yn rhinwedd ei swydd newydd. Roedd ar ei ffordd i Berlin ar gais Adolf Hitler. Doedd o ddim wedi gweld y Führer ers y diwrnod hwnnw y rhoddodd Hitler y ffidil Stradivarius iddo'n anrheg, a'r eiliad honno cofiodd iddo'i gadael yn y Café Rouge. Bydd rhaid ei chael hi'n ôl, meddyliodd. Yn y cyfamser, roedd taith go hir ganddo o'i flaen.

Oherwydd fod y tywydd yn dyner roedd y gyrrwr wedi agor to'r car. Byddai ei feistr yn hoff o deithio yn yr awyr agored bob cyfle a gâi. Roedd gwylio'r byd yn mynd heibio o gefn ei gar personol yn un o hoff bleserau Heydrich. Byddai'n diystyru'r rhybudd a gawsai fod agor y to yn beryglus, gan fod ganddo ormod o hyder yn ei allu i ofalu am ei ddiogelwch ei hun. Yn wir, teimlai'n anorchfygol. Fel dyn a oedd yn rhy ifanc i ymladd yn y Rhyfel Byd Cyntaf, doedd o erioed wedi profi gwir ofn ac roedd hynny'n wendid ynddo. Cheisiodd neb ei ladd mewn rhyfel ac eisteddai yng nghefn ei gar mawr yn hyderus fel tywysog.

Doedd ganddo ddim syniad fod dau o ddynion yr SOE, Jozef Gabčík ac Jan Kubiš, yn aros amdano. Arafodd y car yn naturiol wrth ddod at dro pedol yn y ffordd. Roedd Gabčík a Kubiš wedi dewis y gornel honno fel y man perffaith ar gyfer ymosodiad. Camodd Gabčík o'r clawdd ac anelu ei wn Sten at y car ond gwrthododd y gwn danio. Gwaeddodd Heydrich ar ei yrrwr i stopio'r car a thynnodd ei bistol gyda'r bwriad o danio'n ôl. Cyn iddo gael cyfle i wneud hynny rhedodd Jan Kubiš i'r ffordd a lluchio bom at y cerbyd. Ffrwydrodd y ddyfais a chwalu'r car.

Herciodd Heydrich allan o fwg yr ymosodiad gyda'i bistol yn ei law ond roedd yr ymosodwyr wedi ffoi gan adael Reinhard Heydrich yn dioddef anafiadau angheuol.

*

Cyn gynted ag yr oedd ar y trên, cysgodd Ricard yr holl ffordd adre i ogledd Cymru. Daeth y casglwr tocynnau a'i ddeffro yn ddisymwth wrth i'r trên arafu. Roedd o'n dal i hanner cysgu pan edrychodd ar ei oriawr. Saith o'r gloch. Neidiodd o'i sedd. Amser agor drysau'r Café Rouge ac roedd o wedi syrthio i gysgu.

Yna, cofiodd. Roedd o wedi gweithio ei shifft olaf yn y Café Rouge. Ymlaciodd. Clywodd lais ar y platfform yn gweiddi 'Bae Colwyn'. Roedd gartref o'r diwedd. Camodd oddi ar y trên i olygfa ryfeddol – llond gwlad o blant swnllyd Lerpwl yn haid fawr o flaen criw o wragedd y dref a dyn mawr tew a chwyslyd yn y canol yn ceisio cadw trefn ar bawb. Gwaeddai'r dyn yn uchel a galw enwau o restr yn ei law.

'Mrs E. L. Jones, dau o blant. Dyma nhw. Brawd a chwaer…
Shirley a Keith Latchford.'

Gwthiodd y trefnydd y plant tuag at Mrs Jones, ond doedd
hi ddim yn edrych yn orawyddus i'w chroesawu gan fod golwg
flêr ar y ddau fach. Ar ôl iddynt ei chyrraedd ac edrych i fyny
arni fel cywion anghenus, rhoddodd Mrs Jones hances fach
wrth ei thrwyn ac edrych o'i chwmpas fel petai hi'n ceisio eu
hanwybyddu. Sylwodd y trefnydd fod Mrs Jones yn anfodlon ac
aeth draw ati. Doedd y dyn ddim wedi disgwyl i bobl Bae Colwyn
ymddwyn yn fwy snobyddlyd na'u cymdogion yn Llandudno.

'Popeth yn iawn, Mrs Jones?' holodd gan ysgwyd ei waith
papur o dan ei thrwyn fel dyn ar frys.

'Ydi,' atebodd Mrs Jones yn siomedig, gan arwain y plant
oddi yno a'i thrwyn yn yr awyr.

Cerddodd Ricard heibio'r olygfa gyda gwên. Doedd rhai
pethau am dref Bae Colwyn byth yn newid, meddyliodd.
Gwelodd ei rieni yn y pellter a dechreuodd ei fam godi'i llaw
arno'n gynhyrfus.

5

Bae Colwyn, dridiau'n ddiweddarach

R OEDD RHYWUN YN y cysgodion, meddyliodd, wrth edrych
allan drwy'r ffenest ac i lawr York Road. Er bod popeth yn
edrych yn dawel, dywedai ei reddf wrtho fod rhywun yn llechu yn
rhywle, neu efallai mai dychmygu pethau roedd Ricard. Golygfa
ddigon arferol oedd hi i bawb arall. Doedd fawr o symud i'w
weld ymhlith y cartrefi tair llofft o frics coch a'u ffenestri Art
Deco, dim ond ambell ddeilen yn hedfan yn y gwynt. Aeth criw
o fechgyn smart yr Ysgol Ramadeg heibio yn colbio'i gilydd â'u
mygydau nwy yn swnllyd. Edrychodd ar ei oriawr – pum munud
wedi naw. Roedd y bechgyn yn hwyr i'r ysgol ond doedden nhw
ddim fel petaen nhw'n poeni, a doedd dim brys arnynt.

Daeth llais ei fam i'w wahodd at y bwrdd brecwast. Tynnodd
Ricard ei siaced a'i thaenu ar gefn y gadair yn ofalus. Gwnaeth
yn siŵr nad oedd modd i'w fam weld y pistol Luger ynddi. Er ei
fod gartref yn saff doedd Ricard ddim am fynd i unman heb ei
bistol.

'Wnest ti ffrindiau yn dy waith newydd?' holodd ei fam wrth
osod platiaid o gig moch ac wyau o'i flaen.

'Un neu ddau, ond doedd dim llawer o amser i
gymdeithasu.'

Ysai ei fam am glywed mwy am ei anturiaethau ond doedd
Ricard ddim yn awyddus i ddatgelu mwy nag oedd raid. Roedd
rhannu gwybodaeth yn beth peryglus hyd yn oed gyda'r bobl
anwylaf.

'Te, Ricard?' holodd, gyda'r tebot mawr teuluol yn ei llaw.

Roedd hi wedi gwneud ymdrech fawr heddiw gan eu bod yn bwriadu mynd allan am y dydd a byddai'n mwynhau cerdded y dref gyda'i mab ar ei braich. Gwisgai ffrog flodeuog las a'i gwallt tywyll mewn steil Victory Rolls. Doedd hi'n gwisgo fawr ddim colur, dim ond ychydig o gochni ar ei gruddiau. Aroglai o bersawr melys Lily of the Valley. Roedd hi'n braf gweld ei fam mewn hwyliau da, meddyliodd Ricard. Ac roedd hithau'n falch iawn o'i gael adre ac o gael y cyfle i weini arno.

'Diolch, Mam. Dwi wedi gweld eisiau'ch te chi.'

Wrth arllwys â'i llaw dde rhoddodd Alice ei llaw chwith ar ysgwydd ei mab. Doedd dangos emosiwn ddim yn dod yn naturiol iddi, felly siaradai trwy weithredoedd bach, lle nad oedd angen defnyddio geiriau. Yn ystod y foment honno daeth cysur i Ricard o deimlo'i chyffyrddiad ac o glywed sŵn y te'n arllwys i'r gwpan. Dyna oedd sŵn ei gartref a'i fagwraeth, a'r gorchudd gwlân am y tebot yn un o nodweddion bach unigryw y teulu.

'Dim ond llefrith fydda i'n ei roi yn 'y nhe oherwydd prinder siwgr ond mae croeso i ti gael siwgr os wyt ti isio,' cynigiodd ei fam ar ôl rhoi'r tebot i lawr.

'Dim ond llefrith i mi hefyd, Mam. Gyda llaw, mae'r cig moch yn fendigedig. Diolch yn fawr.'

'Croeso. Cig ffres ddoe. Mae o i gyd yn gorfod dod o'n Ration Books ni erbyn hyn,' meddai ei fam gan roi ochenaid fach. 'Mae'r dre 'ma wedi newid cymaint ers i ti fynd i ffwrdd, cofia.'

Roedd hi'n cyfeirio at yr holl bobl ddieithr newydd a ddaethai oherwydd fod y Ministry of Food wedi symud o Lundain i'r dref. I lawr wrth y cei roedd olion amlycaf y rhyfel gan fod milwyr arfog yr Home Guard yn gwarchod y pier ddydd a nos.

'Ti isio mynd i'r theatr heno?' cynigiodd ei fam wrth geisio creu sgwrs gan fod meddwl ei mab ymhell. 'Neu gallwn ni fynd i'r pictiwrs os lici di. Mae'r ffilm *Tarzan* yno, gyda Johnny Weissmuller.'

'Mae o'n swnio fel Jyrman, Mam.'

'American 'di o, Ricard, siŵr Dduw. Paid â thynnu coes dy fam,' atebodd gan chwerthin.

Gwenodd Ricard ond cuddiai'r wên yr hyn a chwaraeai ar ei feddwl. Crwydrai ei feddwl yn ôl at fywyd y Café Rouge. Ac yntau wedi byw yn eu mysg cyhyd âi ei feddwl yn ôl atynt yn aml. Cofiodd eiriau olaf Halina Szymanska wrtho – bod yr Almaenwyr yn gwybod ei enw, ac y dylai fod yn wyliadwrus.

'Mam, ydach chi wedi sylwi ar unrhyw beth od neu anarferol? Ers i mi ddod adre?'

'Naddo, am wn i.'

'Dim wynebau diarth, neu unrhyw beth sy'n wahanol i'r arfer?'

'Na, dwi ddim yn credu.'

Aeth Alice i nôl y jwg laeth. Cyn iddi arllwys y llaeth i'r cwpanau cofiodd am ddigwyddiad y bore hwnnw.

'Wedi meddwl, mae 'na un peth.'

'Beth?' holodd Ricard, ychydig yn rhy gyflym wrth fodd ei fam gan mai rhywbeth bach digon dibwys oedd ganddi ar ei meddwl.

'Dim ond un peth bach.'

'Beth, Mam?' Pwysodd Ricard arni eto.

'Ar ôl i dy dad gerdded i'w waith bore 'ma gwelais i fod Twm y Titw Tomos wedi marw.'

Ymlaciodd Ricard. Gwenodd ac edrych arni'n chwareus. Byddai ei fam yn bwydo adar gwyllt drwy gydol y flwyddyn ac arferai roi enw i bob un.

'Druan o Twm y Titw Tomos!'

'Mae Twm yn un drwg, yn dod i'r drws ffrynt bob bore cyn i mi godi. A'r bore 'ma, mi ddes o hyd iddo wedi marw ar stepen y drws.'

Er bod tranc yr aderyn bach yn swnio'n weithred ddigon naturiol, fe holodd Ricard ymhellach gan fod tinc o dristwch yn llais ei fam.

'Pa fath o ddrygioni, felly?' holodd wrth rawio gweddill y brecwast i'w geg.

Cynigiodd ei fam fara menyn iddo, a defnyddiodd dafell i lanhau'r gweddillion ar ei blât gan ei adael yn lân.

'Dwi'n ei alw'n Twm ar ôl Twm Siôn Cati, achos ei fod o'n dwyn fel lleidr pen ffordd.'

'Pa fath o ddwyn?' holodd Ricard gan edrych ar ei fam ychydig yn syn.

'Dwyn hufen,' atebodd ei fam wrth glirio'r llestri brecwast o'r bwrdd.

Byddai'r dyn llefrith yn gosod potelaid o lefrith wrth y drws bob bore. Yna âi'n ras am y gorau rhwng Alice a'r aderyn i gyrraedd y botel. Petai'r aderyn yn cyrraedd gyntaf arferai sefyll ar y botel a phigo twll yn ffoil y caead er mwyn cyrraedd at yr hufen. Y bore hwnnw roedd yr aderyn wedi ennill y ras ond dyna oedd ei weithred olaf. Gorweddai ei gorff bach ar stepen y drws yn ymyl y botel.

Ar ôl dweud y stori gwenodd wên drist fel petai'n galaru ar ei ôl. Er ei ddrygioni roedd hi wedi dod yn eithaf hoff o'r aderyn bach. Arllwysodd lefrith i'r cwpanau cyn codi ei phaned at ei cheg. Pan edrychodd ar ei mab dros y gwpan gwelai fod ei wyneb yn llawn pryder. Syllai Ricard ar y gwpan yn ei llaw. Cyn iddi gael cyfle i yfed ei the cododd o'i gadair yn gyflym a rhwygo'r gwpan o'i dwylo.

'Ricard, be sy?' Daeth golwg ddifrifol i ddwyn y sirioldeb oddi ar wyneb ei fam.

Rhoddodd Ricard fys dros ei wefusau yn arwydd arni i dewi. Ufuddhaodd hithau. Edrychodd y ddau ar ei gilydd. Dim ond sŵn y cloc oedd rhyngddynt. Roedd popeth yn dawel.

'Be sy? Ti'n codi ofn arna i,' sibrydodd ei fam.

'Y llefrith, Mam.' Daeth y geiriau allan yn araf.

Edrychodd Alice ar y jwg lefrith.

'Mae rhywun wedi rhoi gwenwyn yn y llefrith. Dyna laddodd yr aderyn,' ychwanegodd wrth godi i nôl y Luger o boced ei siaced.

'Nag oes, paid â thynnu 'nghoes i. Pwy fyddai'n gwneud y fath beth ffordd hyn?' holodd, gan geisio chwerthin ychydig ar yr un pryd.

Tynnodd Ricard y Luger o'i boced a gwneud yn siŵr ei fod wedi'i lwytho. Yn sydyn, doedd Alice ddim yn nabod y mab a eisteddai o'i blaen – y dyn ifanc a'i wyneb yn galed a gwn yn ei law. Edrychodd i fyw llygaid ei mab. Doedd dim ofn ynddynt, dim ond golwg oeraidd yr heliwr. Roedd Alice wedi gweld llygaid fel y rhain unwaith o'r blaen. Ar y fferm lle ganed hi roedd ganddi fwngrel bach annwyl o'r enw Meg. Un bore, daeth llygoden fawr i'r ardd ac fe welodd Alice ochr dra gwahanol iddo. Rhuthrodd at y llygoden yn reddfol ac ymosod a lladd yn ddigyfaddawd. Yr un olwg oedd yn llygaid y ddau. Aeth ei llaw at ei thalcen fel petai'n ceisio dirnad yr hyn oedd yn digwydd o'i chwmpas.

'Be sy'n digwydd, Ricard?' holodd gyda chryndod yn ei llais.

'Ble mae allweddi'r car?' gofynnodd Ricard yn dawel wrth edrych o gwmpas yr ystafell fel petai'n cynllunio.

Roedd Austin 7 ei dad yn y garej ac roedd modd mynd yn syth ato trwy un o'r drysau yn y gegin.

'Ar y bachyn, y tu ôl i ti, lle maen nhw wastad,' atebodd ei fam.

Ond roedd y bachyn ar y wal yn wag a dim sôn am yr allweddi. Roedd meddwl Ricard yn rasio. Daeth i'r casgliad fod rhywun yn cuddio yn y tŷ ac yn aros i'r ddau deimlo effeithiau'r gwenwyn. O fod yn ofalus byddai modd i Ricard droi'r sefyllfa er ei fantais ei hun. Tybiai fod y dyn yn cuddio yn un o'r ystafelloedd gwely.

'Mae o yn y tŷ, Mam. Ond peidiwch â chymryd arnoch eich bod chi'n gwybod. Daliwch i siarad yn naturiol.'

Cododd ei fam o'i chadair a mynd am y ffôn.

'Dwi am ffonio'r heddlu. Nhw sy'n gwybod ora.'

Aeth Alice yn hyderus i godi'r ffôn.

'Does dim pwynt, Mam. Mi fydd o wedi torri llinell y ffôn,' meddai Ricard gan wybod bod ei amheuon wedi eu gwireddu. Cododd Alice y ffôn i'w chlust ond diflannodd ei hyder ar ôl sylweddoli bod Ricard yn dweud y gwir, a bod y llinell yn farw.

'Rhowch y ffôn i lawr, Mam.' Roedd ei lais yn isel a chadarn. Ufuddhaodd Alice y tro hwn. Diflannodd y lliw o'i hwyneb, a daeth hunllef eu sefyllfa fel cylch o boen o'i chwmpas. Dechreuodd grynu gan ofn.

'Mae'n rhaid i ni esgus bod y gwenwyn wedi gweithio. Ewch chi allan yn dawel i chwilio am help. Dwi am aros yma.'

*

Pan oedd Ricard yn fachgen, un o'i hoff weithgareddau fyddai sleifio i lawr o'i ystafell wely i ddwyn bwyd o'r gegin. Gêm ci a chath y tu ôl i gefn ei rieni. Er mwyn gwneud hynny'n ddirgel roedd wedi dysgu disgyn ac esgyn y grisiau a cherdded ar y lloriau yn berffaith dawel gan osgoi'r mannau a wnâi sŵn o dan draed. Yn y mannau hynny roedd y lloriau wedi cael eu codi a'u hailosod yn flêr gan gowboi o adeiladwr. Ond diolch i'r gwaith sâl hwnnw gallai Ricard wybod ymhle yn union y byddai rhywun yn symud drwy aros yn ei unfan, a gwrando.

Camodd i fyny'r grisiau gan gadw'n dynn at yr ochr chwith. Camodd ddau ris ar y tro gan osgoi un arbennig o swnllyd. Llwyddodd i gyrraedd y llofft mewn distawrwydd. Safodd ynghanol y landing. Roedd yno bump o ddrysau a phob un wedi cau. Gêm o aros fyddai hi.

Credai mai cynllun y dyn fyddai dod allan o'i guddfan

a mynd i lawr y grisiau ar ôl i'r gwenwyn wneud ei waith. O adnabod dulliau didostur yr Almaenwyr gwyddai y byddai wedi defnyddio digon o wenwyn i ladd gyr o wartheg. Roedd y llinell ffôn wedi ei thorri, fel bod yr asasin yn siŵr na fyddai modd i'r ddau ffonio am gymorth yn ystod eu heiliadau olaf. Ei fwriad wedyn oedd dianc oddi yno yn yr Austin 7. Byddai ar gyrion Lerpwl cyn i neb sylwi beth oedd wedi digwydd.

Aeth munudau heibio. Edrychodd Ricard ar ei oriawr. Deg o'r gloch. Byddai'r dyn yn symud pan glywai sŵn y cloc yn taro. Bwriadai ddefnyddio sŵn y cloc yn taro i guddio sŵn ei draed.

Dechreuodd y cloc daro ac fe glywodd Ricard sŵn anghyfarwydd iddo – sŵn llusgo uwch ei ben, fel petai rhywun yn symud yn yr atig. Edrychodd i fyny a gweld y trapddor i'r atig yn agor yn araf. Daeth talcen y dyn i'r golwg.

Taniodd Ricard y Luger yn ddidrugaredd drwy'r pren er mwyn gwneud yn siŵr y byddai'n taro'r dyn, gan gofio gadael un fwled ar ôl, rhag ofn. Syrthiodd y dyn. Ceisiodd ddal ei afael yn y trapddor wrth wneud, ond trawodd y llawr fel sachaid o datws. Gorweddai yno, yn anadlu trwy lond ceg o waed. Taniodd Ricard ei fwled olaf ato er mwyn bod yn hollol sicr. Yna, camodd yn ôl oddi wrth y corff. Caeodd ei lygaid. Clywodd sŵn milwyr arfog yr Home Guard yn heidio i mewn i'r tŷ oddi tano.

EPILOG
Paris, Awst 1942

ROEDD CALON PARIS yn curo heno. Ynghanol y blerwch a diflastod llwyd y ddinas roedd clwb nos Ciro's yn orlawn ac yn aros i'r prif atyniad berfformio – Django Reinhardt, Brenin Jazz, meistr y gitâr a'r swing, a ddenai'r cynulleidfaoedd yn eu cannoedd. Yng nghlybiau nos Paris gyda'i gitâr a'i fand Quintette du Hot Club de France, roedd Django wedi cadw ysbryd y ddinas yn fyw drwy'r cymylau duon.

Yng nghynulleidfa clwb Ciro's y noson honno roedd un cwpwl cariadus yn eistedd wrth fwrdd i ddau ac yn yfed absinth. Roedd hi'n amlwg fod Luc ac Isabelle mewn cariad. Roedd gweithred Isabelle yn y Ritz wedi sbarduno perthynas drydanol rhwng y ddau. Daeth Luc o fewn trwch blewyn i'w saethu hi fel bradwr, ond erbyn hyn roedd yn mynd â hi i'w wely ac yn ei thrin fel arwres tan y wawr.

Oedd, roedd Luc yn mwynhau'r profiad o fod mewn cariad am y tro cyntaf.

Am restr gyflawn o lyfrau'r Lolfa,
mynnwch gopi am ddim o'n catalog
neu hwyliwch i mewn i'n gwefan

www.ylolfa.com

lle gallwch archebu llyfrau ar-lein.

*yl**L**olfa*

TALYBONT CEREDIGION CYMRU SY24 5HE
ebost ylolfa@ylolfa.com
gwefan www.ylolfa.com
ffôn 01970 832 304
ffacs 832 782

Hefyd gan yr awdur:

'EPIG O NOFEL AM DDIRGELWCH
O'R AIL RYFEL BYD'
CARYL LEWIS

LLYTHYRAU YN Y LLWCH

SION HUGHES

y olfa

£7.95